人间词话讲疏

彩插典藏本

王国维 原著

许文雨 编著

齐白石 绘

台海出版社

图书在版编目（CIP）数据

人间词话讲疏 / 许文雨编著；王国维原著．—北京：台海出版社，2018.4

ISBN 978-7-5168-1790-2

Ⅰ.①人… Ⅱ.①许… ②王… Ⅲ.①词（文学）—诗词评论—中国—古代②《人间词话》—研究 Ⅳ.①I207.23

中国版本图书馆 CIP 数据核字（2018）第 044166 号

人间词话讲疏

原　　著：王国维　　编　　著：许文雨
插　　图：齐白石

责任编辑：武　波　　装帧设计：7拾3号工作室
版式设计：新视点　　责任印制：蔡　旭

出版发行：台海出版社
地　址：北京市东城区景山东街20号　　邮政编码：100009
电　话：010-64041652（发行，邮购）
传　真：010-84045799（总编室）
网　址：www.taimeng.org.cn/thcbs/default.htm
E-mail：thcbs@126.com

经　销：全国各地新华书店
印　刷：天津中印联印务有限公司
本书如有破损、缺页、装订错误，请与本社联系调换

开　本：880 mm × 1230 mm　　1/32
字　数：90 千字　　印　张：7
版　次：2018 年 6 月 第 1 版　　印　次：2018 年 6 月 第 1 次印刷
书　号：ISBN　978-7-5168-1790-2

定　价：45.00 元

导读

王国维说过“词人者，不失其赤子之心者也”，也说过“天才者，不失其赤子之心者也”。由此可见，“赤子之心”在王国维的心中占据着极高的分量。孟子曰：“大人者，不失其赤子之心者也。”“大人”顾名思义是指具有伟大人格的人，而“赤子之心”就是一颗率直、纯真、善良的心。能够常常怀着“赤子之心”，才可以成为“大人”。王国维毋庸置疑是“大人”，这使我不由自主地对这位国学大师的“赤子之心”产生了极大的好奇心。

90年前，王老在写下“五十之年，只欠一死。经此世变，义无再辱”的遗书之后，毅然自沉于北京颐和园的昆明湖。那时颐和园的门票不菲，游人稀少，待到旁人发现并及时救起时为时已晚。或许正因如此他才选择了颐和园，可见王老求死之心很决绝。选择用这种方式离开世界，很多人会质疑，对生命如此轻视，难道也是在追求“赤子之心”吗？这样想真的就错了。梁启超在王老的墓前悼辞中就说过：“自杀这个事情，在道德上很是问题：依欧洲人的眼光看来，这是怯弱的行为；基督教且认做一种罪恶。在中国却不如此——许多伟大的人物有时以自杀表现他的勇气。孔子说：‘不降其志，不辱其身，伯夷叔齐欤！’宁可不生活，不肯降辱；本可不死，只因既不能屈服社会，亦不能屈服于社会，所以终究要自杀。伯夷叔齐的志气，就是王静安先生的志气！违心苟活，比自杀还更苦；一死明志，较偷生还更乐。所以王先生的遗嘱说：‘五十之年，只欠一死。经此世变，义无再辱。’这样的自杀，完全代表中国学者‘不降其志，不辱其身’的精神；不可以欧洲人的眼光去苛评乱解。”生活在如今这个和平年代，或许我们不理解王老当时为什么选择离开，但我觉得梁启超是懂他的，离开是因为王老不愿苟活，是因为王老的“赤子之心”已经无法再保持下去了，不是因为王老不想保持，而是在那个时代王老的“赤子之心”已无法保持。

那年溥仪被冯玉祥赶出紫禁城，作为前清遗老，一直致力于文化救中国的王老已无力回天，遂选择用死亡来保持自己的“赤子之心”。我不认为王老是一个极端保守的人，他的所有言行都是为了那颗“赤子之心”——拯救国民，复兴国家。在辛亥革命之前，王老属于维新派，以西学为尚，研究叔本华的哲学且很有成就。当他发现西学无法帮助中国脱离苦海之后，开始回味古学，研究历史，试图将救亡之业寄予文化。或许在大多数人看来中国旧文化传统是腐朽没落的，有碍现代化和启蒙性。但是在王国维甚至是很多旧文人心中，那是生活之境，生存之根，旧文化的消亡于他们而言是无法接受的，这种对文化的感情，就好似我们对爱人一般，情不知所起，一往而深。爱人离去，那我们活着又有何意义？所以说王老的离开不是“赤子之心”的逝去，反而是在追求自己的“赤子之心”。

《人间词话》写作于1908年至1910年间，那几年对王国维来说打击不断。于私，夫人病故；于国，光绪、慈禧先后离世，整个家庭、国家都处于动荡之中。那个时候的王老正忙于词曲考证，闲暇之余写几则《人间词话》，因此会显得有些松散，但是如今我们细细品味《人间词话》，每一句评注都很独特且深刻，或许不是那么系统，或许还有一点点小瑕疵，然而正是在这种情形下，解析少了些许羁绊，少了许多限制，每一则《人间词话》在诗词评注之外，都更纯粹地蕴含了王老的思想，他的“赤子之心”也更赤裸裸地展现给了我们。

《人间词话讲疏》是由许文雨先生编著的。或许大多数读者对许文雨不熟悉，许先生出生于浙江奉化，是史学大家范文澜的得意门生，曾做过蒋经国的老师。或许是出于同乡之谊，许先生还被邀请过帮蒋介石整修家谱，淡泊名利的许先生拒绝了这个邀请。许先生一生专注于研究中国文论理论体系，成为“文论大家”是许先生的治学方向，而不是“出将拜相”“攀附权贵”。不介入政治的许先生正因为保持了自己的“赤子之心”，才写出了《钟嵘诗品讲疏》《文论讲疏》《人间词话讲疏》《唐诗集解》等诸多杰出的中国文学批评著作。

无论是王国维大师，还是许文雨先生，他们一生都捧着自己的“赤子之心”，他们就是“大人”。无数的拥有“赤子之心”的“大人”都在中华民族的历史上留下了浓墨重彩的一笔，每个“大人”都曾为国家和人民倾注了自己的所有，每个“大人”都值得我们铭记。

让我们从《人间词话讲疏》里感悟王老的“赤子之心”，从华美的文字里感受王老传达的人生价值，从许先生的讲疏里品味两人跨越时空的对话，见证“赤子之心”的传承。

序言

余曩纂《文论讲疏》二十余万言。既付正中书局刊以行世矣。而局中同好复抽刊其中《人间词话讲疏》，以广其传，意至深也。因采掇王氏论词之说，以弁其端，曰：夫词之为文学，固亦不越夫作者之意与所作之对象，涵内藻外，以成就其体制。其上焉者，则意融于象，殆与庄生物我双遣之旨同符，而王氏则谓之意境两浑矣。其次则或以意胜，或以境胜，偏美之擅，亦各有当，然固非超卓之诣也。观夫五代以降之词人，独李后主、冯正中所作，神余象表，秀溢物外，为得于意境之深。北宋则欧阳公意余于境，秦少游境多于意。珠玉、小山抑又其次。美成晚出，所贵仍在意境，以殿北宋一代。南渡词人，稼轩、白石差足称述。若梦窗砌字，玉田垒句，雕琢敷衍，同归浅薄，此则唯文字是务之失也。历元迄明，斯道独旷。迨清初纳兰性德始以天才崛起，悲凉顽艳，意境至真，异夫乾、嘉以降之审体格与韵律者矣。盖王氏所主词之义界及其赏析之见略如是。其所自为，例如《浣溪沙》之词曰："天末同云黯四垂，失行孤雁逆风飞。江湖寥落尔安归？陌上挟丸公子笑，座中调醯丽人嬉。今宵欢宴胜平时。"《蝶恋花》之词曰："昨夜梦中多少恨，细马香车，两两行相近。对面似怜人瘦损，众中不惜搴帷问。陌上轻雷听渐隐，梦里难从，觉后那堪讯。蜡泪窗前堆一寸，人间只有相思分。”又曰：“百尺朱楼临大道，楼外轻雷，不问昏和晓。独倚阑干人窈窕，闲中数尽行人小。一霎车尘生树杪。陌上楼头，都向尘中老。薄晚西风吹雨到，明朝又是伤流潦。”殆足以当意境两忘、物我一体之优誉乎！读者就其述旨与其自例，加以审思，则此书之义谛，已得其概要矣。

二十五年岁暮许文雨识

目录

人间词话讲疏　卷上

《人间词话》手稿原本共125条。王国维生前从手稿中选取63条，并另外新增一条，结成定本64条，即本书上卷的内容。下卷48条，其中44条选自剩余未发表的手稿，另外4篇选自王国维生前助理赵万里整理王国维其他著述总结而成的《人间词话附录》。（本书辑录时部分条目做了合并）

一

词以境界[①]为最上。有境界，则自成高格，自有名句，五代、北宋之词所以独绝者在此。

许文雨讲疏：

①妙手造文，能使其纷沓之情思，为极自然之表现，望之不啻为真实之暴露，是即作者辛勤缔造之境界。若不符自然之理，妄有表现，此则幻想之果，难诣真境矣。故必真实始得谓之境界，必运思循乎自然之法则，始能造此境界。

贝叶草丛（局部）

二

有造境[1]，有写境[2]，此“理想”与“写实”二派之所由分。然二者颇难分别，因大诗人所造之境必合乎自然，所写之境亦必邻于理想故也。

许文雨讲疏：

①案由创造之想象，缔造文学之境界，谓之造境。温采斯德（Winchester）曰：“创造之想象者，本经验中之分子，为自然之选择而组合之，使成新构之谓也。”

②写实之境，谓之写境。

荷花（局部）

三

有有我之境，有无我之境。“泪眼问花花不语，乱红飞过秋千去。”[①]“可堪孤馆闭春寒，杜鹃声里斜阳暮。”[②]有我之境也。“采菊东篱下，悠然见南山。”[③]“寒波澹澹起，白鸟悠悠下。”[④]无我之境也。有我之境，以我观物，故物皆著我之色彩。无我之境，以物观物，不知何者为我，何者为物。古人为词，写有我之境者为多。然未始不能写无我之境，此在豪杰之士能自树立耳。

许文雨讲疏：

①近刊冯延巳《阳春集笺》本载《鹊踏枝》（即《蝶恋花》）十四首，其第十二首（各本作欧阳修词）云：“庭院深深深几许？杨柳堆烟，帘幕无重数。玉勒雕鞍游冶处，楼高不见章台路。　雨横风狂三月暮，门掩黄昏，无计留春住。泪眼问花花不语，乱红飞过秋千去。”毛稚黄曰：“永叔词，‘泪眼问花花不语，乱红飞过秋千去’。因花而有泪，此一层意也。因泪而问花，此一层意也。花竟不语，此一层意也。不但不语，又且乱落飞过秋千，此一层意也。人愈伤心，花愈恼人，语愈浅而意愈入，又绝无刻画费力之迹，谓非层深而浑成耶。”《词林纪事》

谓："泪眼"二句，似本唐严恽诗"尽日问花花不语，为谁零落为谁开"意。

②《彊村丛书》本秦观《淮海居士长短句》中，《踏莎行》云："雾失楼台，月迷津渡，桃源望断无寻处。可堪孤馆闭春寒，杜鹃声里斜阳暮。　驿寄梅花，鱼传尺素，砌成此恨无重数！郴江幸自绕郴山，为谁流下潇湘去？"宋翔凤《乐府余论》云："《苕溪渔隐丛话》曰：少游《踏莎行》，为郴州旅舍作也。黄山谷曰：此词高绝。但斜阳暮为重出，欲改斜阳为帘栊。范元实曰：只看孤馆闭春寒，似无帘栊。山谷曰：亭传虽未有帘栊，有亦无碍。范曰：词本摹写牢落之状，若曰帘栊，恐损初意。今《郴州志》竟改作斜阳度。余谓斜阳属日，暮属时，不为累，何必改。东坡'回首斜阳暮'，美成'雁背斜阳红欲暮'，可法也。按引东坡、美成语是也，分属日时，则尚欠明析。《说文》：莫，日且冥也。从日在茻中（今作暮者俗）。是斜阳为日斜时，暮为日入时，言自日昃至暮，杜鹃之声，亦云苦矣。山谷未解暮字，遂生轇轕。"

③丁刊《全晋诗》卷六陶渊明《饮酒诗》第五首云："结庐在人境，而无车马喧。问君何能尔？心远地自偏。采菊东篱下，悠然见南山。山气日夕佳，飞鸟相与还。此中有真意，欲辨已忘言。"《苕溪渔隐丛话》卷三云："'采菊东篱下，悠然见南山。'则本自采菊，无意望山，适举首而见之，故悠然忘情，趣闲而景远。此未可于文字精粗间求之。"又引蔡宽夫《诗话》评此二句云："此其闲远自得之意，直若超然邈出宇宙之外。"

④金元好问《遗山文集》卷一，《颍亭留别诗》云："故人重分携，

临流驻归驾。乾坤展清眺，万景若相借。北风三日雪，太素秉元化。九山郁峥嵘，了不受陵跨。寒波澹澹起，白鸟悠悠下。怀归人自急，物态本闲暇。壶觞负吟啸，尘土足悲咤。回首亭中人，平林澹如画。”

采菊图（局部）

四

无我之境，人惟于静中得之；有我之境，于由动之静时得之。故一优美，一壮美也。

自然中之物互相关系，互相限制。然其写之于文学及美术中也，必遗其关系限制之处[①]。故虽写实家亦理想家也。又虽如何虚构之境，其材料必求之于自然[②]，而其构造亦必从自然之法律。故虽理想家亦写实家也。

许文雨讲疏：

①考自然界各物之存在，必有其存在之条件。然此物生存之条件，与彼物生存之条件，每呈现错综之状态，既有相互之关系，复有个别之限制。任举一花一草为例：凡此花草之种种营养条件，如天时、土壤、水分以及其他营养料等，皆无非此花或此草与一切外物之关系；而此花或此草又有个别之限制，以表现其各种之特征，如所具雌雄蕊之数以及显花、隐花、单子叶生、双子叶生等皆是。然此等并为生物学家之所详究，而为文学家状物时所略而不道者也。

②案此指写景文言之。

果蔬图（局部）

五

境非独谓景物也，喜怒哀乐亦人心中之一境界。故能写真景物真感情者，谓之有境界。否则谓之无境界。

“红杏枝头春意闹”[①]，着一“闹”字而境界全出；“云破月来花弄影”[②]，着一“弄”字而境界全出矣。

许文雨讲疏：

①《花庵绝妙词选》卷三云：“宋子京名祁，张子野所称‘红杏枝头春意闹’尚书者也。”《玉楼春》云：“东城渐觉春光好，縠皱波纹迎客棹。绿杨烟外晓寒轻，红杏枝头春意闹。　浮生长恨欢娱少，肯爱千金轻一笑？为君持酒劝斜阳，且向花间留晚照。”

②《彊村丛书》本张先《子野词》卷二《天仙子》云：“水调数声持酒听，午醉醒来愁未醒。送春春去几时回？临晚镜，伤流景，往事后期空记省。　沙上并禽池上暝，云破月来花弄影。重重翠幕密遮灯，风不定，人初静，明日落红应满径。”

六

境界有大小，不以是而分优劣。“细雨鱼儿出，微风燕子斜”[①]何遽不若“落日照大旗，马鸣风萧萧”[②]？“宝帘闲挂小银钩”[③]何遽不若“雾失楼台，月迷津渡”[④]也？

许文雨讲疏：

①《全唐诗》卷八杜甫《水槛遣心》第一首云：“去郭轩楹敞，无村眺望赊。澄江平少岸，幽树晚多花。细雨鱼儿出，微风燕子斜。城中十万户，此地两三家。”

②《全唐诗》卷八杜甫《后出塞》第二首云：“朝进东门营，暮上河阳桥。落日照大旗，马鸣风萧萧。平沙列万幕，部伍各见招。中天悬明月，令严夜寂寥。悲笳数声动，壮士惨不骄。借问大将谁？恐是霍嫖姚。”

③《彊村丛书》本秦观《淮海居士长短句》中《浣溪沙》第一首云：“漠漠轻寒上小楼，晓阴无赖似穷秋。淡烟流水画屏幽。　　自在飞花轻似梦，无边丝雨细如愁。宝帘闲挂小银钩。”

④秦观《踏莎行》之句，已见前。

蝴蝶兰图（局部）

七

严沧浪《诗话》谓："盛唐诸公唯在兴趣，羚羊挂角，无迹可求。故其妙处，透澈玲珑，不可凑拍，如空中之音，相中之色，水中之影，镜中之象，言有尽而意无穷。"[①]余谓北宋以前之词亦复如是。然沧浪所谓"兴趣"，阮亭所谓"神韵"[②]，犹不过道其面目，不若鄙人拈出"境界"二字为探其本也。

许文雨讲疏：

①宋严羽著《沧浪诗话》发为兴趣之论，盖融合钟嵘所谓胜语直寻及司空图所谓味在酸盐之外两说而成。"羚羊挂角"一语，出《传灯录》："雪峰云：我若东道西道，汝则寻言逐句，我若羚羊挂角，汝向什么处扪摸！"按羚羊似羊而大，角有圆绕蹙文，夜则悬挂其角于木上，示无形迹可寻，以避患焉。

②清王士祯阮亭著《渔洋诗话》，标称神韵，以为天然不可凑泊。而翁方纲则讥渔洋所谓神韵，乃李沧溟格调之改称也。

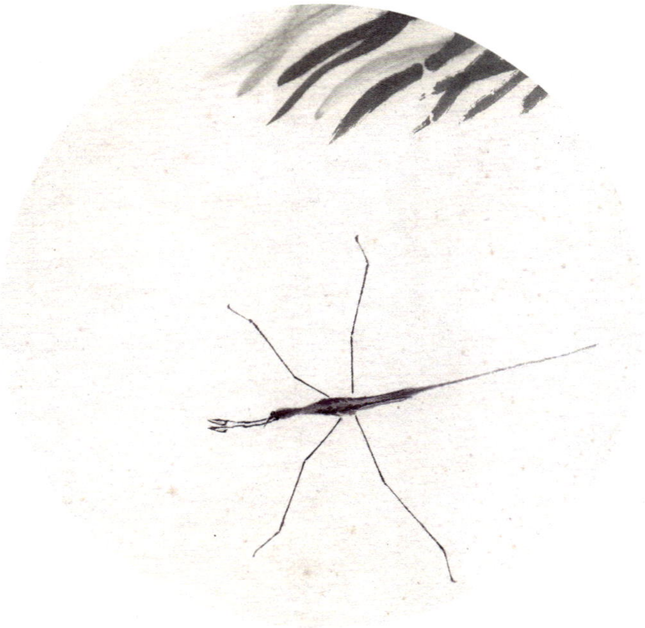

借山馆水井草虫（局部）

八

太白纯以气象胜，“西风残照，汉家陵阙”[①]寥寥八字，遂关千古登临之口。后世唯范文正之《渔家傲》[②]，夏英公之《喜迁莺》[③]，差足继武，然气象已不逮矣。

许文雨讲疏：

①《全唐诗》卷三十二，《词》二，载李白《忆秦娥》：“箫声咽，秦娥梦断秦楼月。秦楼月，年年柳色，灞陵伤别！　　乐游原上清秋节，咸阳古道音尘绝。音尘绝，西风残照，汉家陵阙。”按吴衡照《莲子居词话》卷一云：“唐词《菩萨蛮》《忆秦娥》二阕，花庵以后，咸以为出自太白。然《李太白集》本不载，至杨齐贤、萧士赟注，始附益之。胡应麟《少室山房笔丛》疑其伪托，未为无见。谓详其意调，绝类温方城，殊不然。如‘暝色入高楼，有人楼上愁’‘西风残照，汉家陵阙’等语，神理高绝，却非《金荃》手笔所能。”

②《彊村丛书》本《范文正公诗余》载《渔家傲·秋思》云：“塞下秋来风景异，衡阳雁去无留意。四面边声连角起。千嶂里，长烟落日孤城闭。　　浊酒一杯家万里，燕然未勒归无计。羌管悠悠霜满地，人不寐，

将军白发征夫泪。”《皱水轩词筌》云：“庐陵讥范希文《渔家傲》为穷塞主词，自矜其‘战胜归来飞捷奏，倾贺酒，玉阶遥献南山寿’，为真元帅之事。按宋以小词为乐府，被之管弦，往往传于宫掖。范词如‘长烟落日孤城闭’‘羌管悠悠霜满地’‘将军白发征夫泪’，令‘绿树碧帘相掩映，无人知道外边寒’者听之，知边庭之苦如是，庶有所警触，此深得《采薇》《出车》‘杨柳雨雪’之意。若欧词止于谀耳，何所感耶。”

③《唐宋诸贤绝妙词选》卷二，载夏英公竦《喜迁莺令》，《注》云：“景德中，水殿按舞，英公翰林内直，上遣中使取新词，公援毫立成以进，大蒙天奖。”词云：“霞散绮，月垂钩，帘卷未央楼。夜凉银汉截天流，宫阙锁清秋。　瑶台树，金茎露，凤髓香盘烟雾。三千珠翠拥宸游，水殿按凉州。”《吴礼部诗话》云：“姚子敬尝手选古今乐府一帙，以夏英公《喜迁莺》宫词为冠，其词富艳精工，诚为绝唱。”（亦见杨慎《词品》卷三）

花与蝴蝶（局部）

九

张皋文谓飞卿之词深美闳约[①]，余谓此四字唯冯正中[②]足以当之。刘融斋谓飞卿精艳绝人[③]，差近之耳。

许文雨讲疏：

①张惠言皋文《词选·序》云：“唐之词人，李白为首，而温庭筠（飞卿）最高，其言深美闳约。”《介存斋论词杂著》云：“皋文曰‘飞卿之词，深美闳约。’信然。飞卿酝酿最深，故其言不怒不慑，备刚柔之气。针镂之密，南宋人始露痕迹，《花间》极有浑厚气象，如飞卿则神理超越，不复可以迹象求矣，然细绎之，正字字有脉络。”

②《白雨斋词话》卷一云：“冯正中（延巳）词，极沈郁之致，穷顿挫之妙，缠绵忠厚，与温韦相伯仲也。”

③刘融斋熙载《艺概》说。

十

“画屏金鹧鸪”[①]，飞卿语也，其词品似之。“弦上黄莺语”[②]，端己语也，其词品亦似之。正中词品，若欲于其词句中求之，则“和泪试严妆”[③]殆近之欤？

许文雨讲疏：

①王国维辑温庭筠（飞卿）《金荃词·更漏子》云：“柳丝长，春雨细，花外漏声迢递。惊塞雁，起城乌，画屏金鹧鸪。　香雾薄，透帘幕，惆怅谢家池阁。红烛背，绣帘垂，梦长君不知。”

②王国维辑蜀韦庄（端己）《浣花词·菩萨蛮》第一首云：“红楼别夜堪惆怅，香灯半卷流苏帐。残月出门时，美人和泪辞。　琵琶金翠羽，弦上黄莺语。劝我早归家，绿窗人似花。”

③近刻冯延巳《阳春集笺》本载《菩萨蛮》九首，其第六首云：“娇鬟堆枕钗横凤，溶溶春水杨花梦。红烛泪阑干，翠屏烟浪寒。　锦壶催画箭，玉佩天涯远。和泪试严妆，落梅飞晓霜。”

葫芦牵牛花图（局部）

十一

南唐中主词："菡萏香销翠叶残，西风愁起绿波间。"①大有众芳芜秽，美人迟暮之感。乃古今独赏其"细雨梦回鸡塞远，小楼吹彻玉笙寒"。②故知解人正不易得。

许文雨讲疏：

①王国维辑《南唐中主词·浣溪沙》第二首云："菡萏香销翠叶残，西风愁起绿波间。还与韶光共憔悴，不堪看。　　细雨梦回鸡塞远，小楼吹彻玉笙寒。多少泪珠无限恨，倚栏干。"。

②冯延巳答中主，称其"小楼"一句。王安石以为"一江春水向东流"未若"细雨"二句。

十二

温飞卿之词，句秀也。韦端己之词，骨秀也。李重光之词，神秀也。词至李后主，而眼界始大，感慨遂深，遂变伶工之词为士大夫之词。周介存置诸温韦之下，可谓颠倒黑白矣[①]。“自是人生长恨水长东”[②]，“流水落花春去也，天上人间”[③]，《金荃》[④]《浣花》[⑤]能有此气象耶？

许文雨讲疏：

①周介存济《介存斋论词杂著》云：“李后主词，如生马驹，不受控捉。王嫱西施，天下美妇人也，严妆佳，淡妆亦佳，粗服乱头，不掩国色。飞卿，严妆也。端己，淡妆也。后主则粗服乱头矣。”飞卿即温庭筠，端己即韦庄。

②王国维辑《南唐二主词》李后主《乌夜啼》云：“林花谢了春红，太匆匆！无奈朝来寒雨晚来风。　胭脂泪，相留醉，几时重？自是人生长恨水长东！”

③王国维辑《李后主词·浪淘沙令》云：“帘外雨潺潺，春意阑珊。罗衾不耐五更寒。梦里不知身是客，一晌贪欢。　独自莫凭阑，无限江

山，别时容易见时难！流水落花春去也，天上人间！”

④《金荃》，温庭筠集名。

⑤《浣花》，韦庄集名。

荷花鸳鸯（局部）

十三

词人者，不失其赤子之心者也①。故生于深宫之中，长于妇人之手，是后主为人君所短处，亦即为词人所长处。

许文雨讲疏：

①案此“赤子之心”，谓童心也。与《孟子》所谓“赤子之心”不同。此说可以王氏他篇之文证之：《静庵文集·叔本华与尼采》篇引叔本华之《天才论》曰：“天才者，不失其赤子之心者也。盖人生之七年后，知识之机关，即脑之质与量，已达完全之域，而生殖之机关，尚未发达。故赤子能感也，能思也，能教也，其爱知识也，较成人为深，而其受知识也，亦视成人为易。一言以蔽之曰：彼之知力盛于意志而已。即彼之知力作用，远过于意志之所需要而已。故自某方面观之，凡赤子皆天才也，又凡天才自某点观之，皆赤子也。昔海尔台尔（Herder）*谓格代

* 今译赫尔德——编者注

（Goethe）*曰巨孩。音乐大家穆差德（Mozart）**亦终生不脱孩气。休利希台额路尔谓彼曰：彼于音乐，幼而惊其长老，然于一切他事，则壮而常有童心者也。”

* 今译歌德——编者注

** 今译莫扎特——编者注

枫林亭（局部）

十四

客观之诗人不可不多阅世，阅世愈深则材料愈丰富愈变化；《水浒传》《红楼梦》之作者是也。主观之诗人不必多阅世，阅世愈浅则性情愈真；李后主是也。

尼采谓一切文学余爱以血书者[1]。后主之词，真所谓以血书者也。宋道君皇帝《燕山亭》[2]词亦略似之。然道君不过自道身世之戚，后主则俨有释迦基督担荷人类罪恶之意，其大小固不同矣。

许文雨讲疏：

①尼采，德人，擅长哲学及艺术，富于破坏思想及革命精神，故其言如是。

②宋徽宗禅位于皇太子，被尊为教主道君太上皇帝，靖康二年，北狩。《彊村丛书》本《宋徽宗词·燕山亭》云："裁剪冰绡，轻叠数重，淡着胭脂匀注。新样靓妆，艳溢香融，羞杀蕊珠宫女。易得凋零，更多

少、无情风雨。愁苦。闲院落凄凉，几番春暮？　　凭寄离恨重重，这双燕，何曾会人言语。天遥地远，万水千山，知他故宫何处。怎不思量，除梦里、有时曾去。无据。和梦也、新来不做。”

五童纸鸢图（局部）

十五

冯正中词虽不失五代风格，而堂庑特大，开北宋一代风气，与中后二主词皆在《花间》范围之外，宜《花间集》[①]中不登其只字也。

许文雨讲疏：

①《花间集》十卷，后蜀赵崇祚编。

十六

正中词除《鹊踏枝》《菩萨蛮》十数阕最煊赫外[①]，如《醉花间》之“高树鹊衔巢，斜月明寒草”[②]，余谓韦苏州之“流萤渡高阁”[③]，孟襄阳之“疏雨滴梧桐”[④]，不能过也。

许文雨讲疏：

①近刻《阳春集笺》录《鹊踏枝》（即《蝶恋花》）十四首，其第十一首，王氏下文又称引之，兹录以示例。词曰：“几日行云何处去？忘却归来，不道春将暮。百草千花寒食路。香车系在谁家树？　　泪眼倚楼频独语，双燕飞来，陌上相逢否？撩乱春愁如柳絮，悠悠梦里无寻处。”又冯氏《菩萨蛮》九首，上文已录注其第六首，可参观。

②《阳春集》载《醉花间》四首，其第三首云：“晴雪小园春未到，池边梅自早。高树鹊衔巢（按巢字，《词谱》作窠，栗香室本亦作窠），斜月明寒草。　　山川风景好，自古金陵道。少年看却老。相逢莫厌醉金杯，别离多，欢会少！”

③《全唐诗》卷七韦应物《寺居独夜寄崔主簿》诗：“幽人寂无寐，木叶纷纷落，寒雨暗深更，流萤渡高阁。坐使青灯晓，还伤夏衣薄，宁知

岁方晏，离居更萧索。”应物曾为苏州刺史，故人称韦苏州。

④《全唐诗》卷六收孟浩然断句云：“微云淡河汉，疏雨滴梧桐。”《注》云：“王士源云：‘浩然常闲游秘省。秋月新霁，诸英联诗，次当浩然云云，举坐嗟其清绝，不复为缀。’”

枇杷荔枝（局部）

十七

欧九《浣溪沙》词“绿杨楼外出秋千”，晁补之谓只一出字，便后人所不能道[①]。余谓此本于正中《上行杯》词“柳外秋千出画墙”[②]，但欧语尤工耳。

许文雨讲疏：

①欧九即欧阳修。《复斋漫录》云：“晁无咎（补之字）评本朝乐章云：‘欧阳永叔《浣溪沙》云：“堤上游人逐画船，拍堤春水四垂天，绿杨楼外出秋千。”’（按此系前片。后片云：“白发戴花君莫笑，六么催拍盏频传，人生何处似尊前？”）此等语绝妙，只一出字，自是着意道不到处。”

②近刻《阳春集笺》本载《上行杯》云：“落梅著雨消残粉，云重烟轻寒食近。罗幕遮香，柳外秋千出画墙。　春山颠倒钗横凤，飞絮入帘春睡重。梦里佳期，只许庭花与月知。”

十八

梅舜俞《苏幕遮》词："落尽梨花春事了，满地斜阳，翠色和烟老。"刘融斋谓：少游一生似专学此种[①]。余谓冯正中[②]《玉楼春》词："芳菲次第长相续，自是情多无处足，尊前百计得春归，莫为伤春眉黛促。"永叔一生似专学此种。

许文雨讲疏：

①此梅尧臣《苏幕遮·草》结三句也。《词综》卷四录其全词云："露堤平，烟墅杳，乱碧萋萋，雨后江天晓。独有庾郎年最少，窣地春袍，嫩色宜相照。　　接长亭，迷远道。堪怨王孙，不记归期早。落尽梨花春又了，满地残阳，翠色和烟老。"按尧臣，字圣俞，作舜俞者，误。"春又了"之"又"字误作"事"，应正。

②《阳春集》载《玉楼春》云："雪云乍变春云簇，渐觉年华堪纵目。北枝梅蕊犯寒开，南浦波纹如酒绿。　　芳菲次第长相续，自是情多无处足。尊前百计得春归，莫为伤春眉黛蹙。"

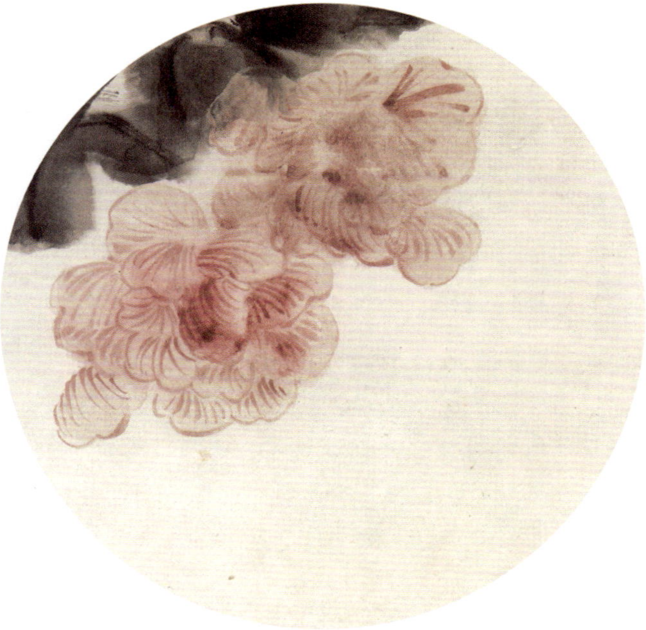

芙蓉蟹（局部）

十九

人知和靖《点绛唇》[①]，舜俞《苏幕遮》，永叔《少年游》三阕[②]为咏春草绝调，不知先有正中“细雨湿流光”五字[③]，皆能摄春草之魂者也。

许文雨讲疏：

①《词综》卷四，林和靖《点绛唇》：“金谷年年，乱生春色谁为主？余花落处，满地和烟雨。　又是离歌，一阕长亭暮。王孙去，萋萋无数，南北东西路。”

②检毛晋刻本《六一词·少年游》三首，无一咏春草者。《词律》卷五收梅尧臣《少年游》，《注》引纪昀据吴会说，断此词为欧阳修作。盖咏春草也。词云：“阑干十二独凭春，晴碧远连云。千里万里，二月三月，行色苦愁人。　谢家池上，江淹浦畔，吟魄与离魂，那堪疏雨滴黄昏。更特地、忆王孙。”

③《阳春集》载《南乡子》云：“细雨湿流光，芳草年年与恨长。烟锁凤楼无限事，茫茫！鸾镜鸳衾两断肠。　魂梦任悠扬，睡起杨花满绣

床。薄幸不来门半掩，斜阳！负你残春泪几行。”今人笺云：“细雨湿流光，实本温庭筠《荷叶杯》‘朝雨湿愁红’，皇甫松《怨回纥》‘红露湿红蕉’而来。”刘熙载云：“冯延巳词，欧阳永叔得其深也。”

平安多利图（局部）

二十

《诗·蒹葭》一篇[①]，最得风人深致。晏同叔之“昨夜西风凋碧树，独上高楼，望尽天涯路”[②]，意颇近之。但一洒落，一悲壮耳。

许文雨讲疏：

①《诗·秦风·蒹葭》：“蒹葭苍苍，白露为霜。所谓伊人，在水一方。溯洄从之，道阻且长；溯游从之，宛在水中央。　　蒹葭萋萋，白露未晞。所谓伊人，在水之湄。溯洄从之，道阻且跻；溯游从之，宛在水中坻。　　蒹葭采采，白露未已。所谓伊人，在水之涘。溯洄从之，道阻且右；溯游从之，宛在水中沚。”

②毛晋刻本晏殊（同叔）《珠玉词》载《蝶恋花》七首，其第六首云：“槛菊愁烟兰泣露，罗幕轻寒，燕子双飞去。明月不谙离恨苦，斜光到晓穿朱户。　　昨夜西风凋碧树，独上高楼，望尽天涯路。欲寄彩笺兼尺素，山长水阔知何处。”

二十一

"我瞻四方，蹙蹙靡所骋。"[1]诗人之忧生也。"昨夜西风凋碧树，独上高楼，望尽天涯路。"似之。"终日驰车走，不见所问津。"[2]诗人之忧世也。"百草千花寒食路，香车系在谁家树。"[3]似之。

许文雨讲疏：

①《诗·小雅·节南山》第七章云："驾彼四牡，四牡项领。我瞻四方，蹙蹙靡所骋。"

②丁刊《全晋诗》卷六陶渊明《饮酒诗》第二十首云："羲农去我久，举世少复真。汲汲鲁中叟，弥缝使其淳。凤鸟虽不至，礼乐暂得新。洙泗辍微响，漂流逮狂秦。诗书复何罪，一朝成灰尘！区区诸老翁，为事诚殷勤。如何绝世下，六籍无一亲？终日驰车走，不见所问津。若复不快饮，空负头上巾。但恨多谬误，君当恕醉人。"

③冯延巳《鹊踏枝》（即《蝶恋花》）第十一首之句，已见前注。

双喜图（局部）

二十二

古今之成大事业大学问者，必经过三种之境界。“昨夜西风凋碧树，独上高楼，望尽天涯路。”此第一境也。“衣带渐宽终不悔，为伊消得人憔悴。”[①]此第二境也。“众里寻他千百度，回头蓦见，那人正在灯火阑珊处。”[②]此第三境也。此等语皆非大词人不能道。然遽以此意解释诸词，恐晏欧诸公所不许也。

许文雨讲疏：

①《彊村丛书》本柳永（初名三变，字耆卿）《乐章集》中卷，《凤栖梧》其二云：“伫倚危楼风细细，望极春愁，黯黯生天际。草色烟光残照里，无言谁会凭阑意。　拟把疏狂图一醉，对酒当歌，强乐还无味。衣带渐宽终不悔，为伊消得人憔悴。”

②毛晋刻本辛弃疾《稼轩词》卷三，载《青玉案》云：“东风夜放花千树，更吹落，星如雨。宝马雕车香满路，凤箫声动，玉壶光转，一夜鱼龙舞。　蛾儿雪柳黄金缕，笑语盈盈暗香去，众里寻他千百度，蓦然回首，那人却在灯火阑珊处。”王引有异文，或由未展原书，仅凭记忆耶？

二十三

永叔："人间自是有情痴，此恨不关风与月。""直须看尽洛城花，始与东风容易别。"①于豪放之中有沉著之致，所以尤高。

许文雨讲疏：

①毛晋刻本欧阳永叔《六一词》载《玉楼春》二十九调，其第四调云："尊前拟把归期说，未语春容先惨咽。人生自是有情痴，此恨不关风与月。　离歌且莫翻新阕，一曲能教肠寸结。直须看尽洛城花，始共春风容易别。"王引亦间有异文。

大寿（局部）

二十四

冯梦华《宋六十一家词选·序例》谓："淮海小山古之伤心人也，其淡语皆有味，浅语皆有致。"[①]余谓此唯淮海足以当之[②]。小山矜贵有余，但可方驾子野、方回，未足抗衡淮海也。

许文雨讲疏：

①今人冯梦华，名煦，有《六十一家词选》。

②《白雨斋词话》卷六引乔笙巢云："少游词，寄慨身世，闲雅有情思，酒边花下，一往情深，而言悱不乱，悄乎得《小雅》之遗。"《彊村丛书》本《淮海居士长短句》上，《满庭芳》云："山抹微云，天连衰草，画角声断谯门。暂停征棹，聊共引离尊。多少蓬莱旧事，空回首，烟霭纷纷。斜阳外，寒鸦万点，流水绕孤村。　销魂当此际，香囊暗解，罗带轻分，谩赢得青楼薄幸名存。此去何时见也？襟袖上、空惹啼痕，伤情处，高城望断，灯火已黄昏。"此词多浅淡之语，而味致甚永。（少游"寒鸦""流水"二语，出隋炀帝《野望》诗。见《升庵诗话》卷十。）

荷花（局部）

二十五

少游词境最凄婉，至“可堪孤馆闭春寒，杜鹃声里斜阳暮”[①]则变而凄厉矣。东坡赏其后二语[②]，犹为皮相。

许文雨讲疏：

①二句见《踏莎行》词，前注已录其全词。

②即“郴江”二句。

二十六

“风雨如晦，鸡鸣不已。”[①]“山峻高以蔽日兮，下幽晦以多雨。霰雪纷其无垠兮，云霏霏而承宇。”[②]“树树皆秋色，山山尽落晖。”[③]“可堪孤馆闭春寒，杜鹃声里斜阳暮。”气象皆相似。

许文雨讲疏：

①《诗·郑风·风雨》第三章：“风雨如晦，鸡鸣不已。既见君子，云胡不喜？”

②四句见《楚辞·九章·涉江》中。王逸注：“垠，畔岸也。”朱熹注：“宇，屋檐也。”陈本礼云：“此正被放之所。”

③《全唐诗》卷二王绩《野望》诗云：“东皋薄暮望，徙倚欲何依？树树皆秋色，山山唯落晖。牧人驱犊返，猎马带禽归。相顾无相识，长歌怀采薇。”王引间有异文。

红菊图（局部）

二十七

昭明太子称陶渊明诗："跌宕昭彰，独超众类，抑扬爽朗，莫之与京。"[①]王无功称薛收赋："韵趣高奇，词义旷远，嵯峨萧瑟，真不可言。"[②]词中惜少此二种气象，前者惟东坡，后者惟白石，略得一二耳。

许文雨讲疏：

①按此数语见昭明太子萧统所撰《陶渊明集序》，言其辞兴婉惬也。

②按此数语，言其骨之奇劲也。刘熙载《艺概》卷三云："王无功谓薛收《白牛溪赋》，韵趣高奇，词义旷远，嵯峨萧瑟，真不可言。余谓赋之足当此评者，盖不多有，前此其惟小山《招隐士》乎？"

二十八

词之雅郑，在神不在貌。永叔、少游虽作艳语，终有品格。方之美成[①]，便有淑女与倡伎之别。

许文雨讲疏：

①《艺概》卷四云："周美成词，或称其无美不备。余谓论词莫先于品，美成词信富艳精工，只是不得个贞字，是以士大夫不肯学之，学之则不知终日意萦何所矣。"

和平（局部）

二十九

美成深远之致不及欧秦，唯言情体物，穷极工巧，故不失为一流之作者。但恨创调之才多，创意之才少耳。

词忌用替代字。美成《解语花》之“桂华流瓦”[①]境界极妙，惜以“桂华”二字代替“月”耳，梦窗以下，则用代字更多[②]。其所以然者，非意不足，则语不妙也。盖意足则不暇代，语妙则不必代。此少游之“小楼连苑，绣毂雕鞍”所以为东坡所讥也[③]。

许文雨讲疏：

①《彊村丛书》本周邦彦《片玉集》卷之七《解语花·元宵》云：“风销焰蜡，露浥烘炉，花市光相射。桂华流瓦。纤云散，耿耿素娥欲下。衣裳淡雅，看楚女纤腰一把。箫鼓喧，人影参差，满路飘香麝。
因念都城放夜，望千门如昼，嬉笑游冶。钿车罗帕，相逢处，自有暗尘随马。年光是也，唯只见旧情衰谢。清漏移，飞盖归来，从舞休歌罢。”

②按前于梦窗（吴文英）者，如张先《菩萨蛮》云：“纤纤玉笋横孤竹”，以“玉笋”代手，以“孤竹”代乐器。《庆金枝》云：“抱云勾雪近灯看”，以“云”“雪”代女子玉体皆是。是代字不必在梦窗后始多用也。

③《彊村丛书》本秦观《淮海居士长短句》上《水龙吟》云："小楼连苑横空，下窥绣毂雕鞍骤。朱帘半卷，单衣初试，清明时候。破暖轻风，弄晴微雨，欲无还有。卖花声过尽，斜阳院落，红成阵，飞鸳甃。　玉佩丁东别后，怅佳期参差难又。名缰利锁，天还知道，和天也瘦。花下重门，柳边深巷，不堪回首！念多情，但有当时皓月，向人依旧！"刘熙载《艺概》云："少游《水龙吟》'小楼连苑横空，下窥绣毂雕鞍骤'，东坡讥之云：'十三个字只说得一个人骑马楼前过'，语极解颐。"

树藤立轴（局部）

三十

沈伯时[①]《乐府指迷》云："说桃不可直说破'桃'，须用'红雨'[②]'刘郎'[③]等字；说柳不可直说破'柳'，须用'章台'[④]'霸岸'[⑤]等字……"若惟恐人不用代字者。果以是为工，则古今类书具在，又安用词为耶。宜其为《提要》[⑥]所讥也。

许文雨讲疏：

①宋沈伯时名义父，撰《乐府指迷》一卷。

②《致虚阁杂俎》云："唐天宝十三年，宫中下红雨，色如桃。"

③唐刘禹锡诗："紫陌红尘拂面来，无人不道看花回。玄都观里桃千树，尽是刘郎去后栽。"又诗曰："百亩庭中半是苔，桃花净尽菜花开。种桃道士归何处？前度刘郎今独来。"

④《全唐诗》卷九，韩翃《寄柳氏诗》云："章台柳，章台柳，颜色青青今在否？纵使长条如旧垂，也应攀折他人手。"

⑤霸岸，谓霸陵岸也。霸，一作灞。王粲《七哀诗》云："南登霸陵岸，回首望长安。"指此。《三辅黄图》云："灞桥在长安，东汉人送客至此，手折柳赠别。名曰销魂桥。"盖桥旁两岸，多植柳树，故咏柳辄及

之。《佩文韵府·十五翰》“灞岸”条下，引戎昱诗云：“杨柳含烟灞岸春，年年攀折为行人。”靳《注》又引罗隐诗云：“柳攀霸岸狂遮袂，水忆池阳渌满心。”（按此罗隐《送进士臧溃下第后归池州》句。）

⑥《四库·乐府指迷·提要》云：“又谓说桃须用红雨、刘郎等字，说柳须用章台、灞岸等字，说书须用银钩等字，说泪须用玉箸等字，说发须用绛云等字，说簟须用湘竹等字，不可直说破。其意欲避鄙俗，而不知转成涂饰，亦非确论。”

玉米蚱蜢（局部）

三十一

美成《青玉案》词："叶上初阳干宿雨，水面清圆，一一风荷举。"①此真能得荷之神理者。觉白石《念奴娇》《惜红衣》二词犹有隔雾看花之恨②。

许文雨讲疏：

①《彊村丛书》本周邦彦《片玉集》卷之四，《苏幕遮》云："燎沈香，消溽暑。鸟雀呼晴，侵晓窥檐语。叶上初阳干宿雨，水面清圆，一一风荷举。故乡遥，何日去？　家住吴门，久作长安旅。五月渔郎相忆否？小楫轻舟，梦入芙蓉浦。"按《青玉案》调名，当为《苏幕遮》之误，应正。

②《彊村丛书》本《白石道人歌曲》卷之四，载《念奴娇》云："闹红一舸，记来时，尝与鸳鸯为侣。三十六陂人未到，水佩风裳无数。翠叶吹凉，玉容消酒，更洒菰蒲雨。嫣然摇动，冷香飞上诗句。　日暮，青盖亭亭，情人不见，争忍凌波去。只恐舞衣寒易落，愁入西风南浦。高柳垂阴，老鱼吹浪，留我花间住。田田多少，几回沙际归路。"又卷之五，载《惜红衣》云："簟枕邀凉，琴书换日。睡余无力。细洒冰泉，并刀破

甘碧。墙头唤酒，谁问讯、城南诗客。岑寂。高柳晚蝉，说西风消息。

虹梁水陌。鱼浪吹香，红衣半狼藉。维舟试望故国。眇天北。可惜渚边沙外，不共美人游历。问甚时同赋，三十六陂秋色。”按白石二首，亦并咏荷花，其曰舞衣，曰红衣，盖用拟人之格，未若美成直抒物理也。

三十二

东坡《水龙吟·咏杨花》[1]，和韵而似原唱；章质夫词[2]原唱而似和韵，才之不可强也如是。

许文雨讲疏：

①《彊村丛书》本苏轼《东坡乐府》卷二《水龙吟·次韵章质夫杨花词》云："似花还似非花，也无人惜从教坠。抛家傍路，思量却是，无情有思。萦损柔肠，困酣娇眼，欲开还闭。梦随风万里，寻郎去处，又还被、莺呼起。　　不恨此花飞尽，恨西园、落红难缀。晓来雨过，遗踪何在？一池萍碎。春色三分，二分尘土，一分流水。细看来、不是杨花，点点是离人泪！"

②《词综》卷七章楶（字质夫）《水龙吟·柳花》云："燕忙莺懒芳残，正堤上、柳花飘坠。轻飞乱舞，点画青林，全无才思。闲趁游丝，静临深院，日长门闭。傍珠帘散漫，垂垂欲下，依前被、风扶起。　　兰帐玉人睡觉，怪春衣、雪沾琼缀。绣床渐满，香球无数，才圆却碎。时见蜂儿，仰粘轻粉，鱼吞池水。望章台路杳，金鞍游荡，有盈盈泪！"

三鱼图（局部）

三十三

咏物之词，自以东坡《水龙吟》为最工，邦卿《双双燕》次之。[①]白石《暗香》《疏影》[②]格调虽高，然无一语道着，视古人“江边一树垂垂发”[③]等句何如耶？

许文雨讲疏：

①《词源》卷下《咏物门》云：“诗难于咏物，词为尤难，体认稍真，则拘而不畅。模写差远，则晦而不明。要须收纵联密，用事合题，一段意思，全在结句，斯为绝妙。”叔夏并举史邦卿《东风第一枝·咏春雪》《绮罗香·咏春雨》《双双燕·咏燕》诸词为佳例，惟不及东坡《水龙吟》。检《彊村丛书》本《东坡乐府·水龙吟》凡六首：卷一载《水龙吟·赠赵晦之》一首。卷二载《水龙吟·闾丘大夫》一首，又《水龙吟·昔谢自然》一首，又《水龙吟·次韵章质夫杨花词》一首。卷三载《水龙吟》一首，又一首旧题作《咏雁》。六首中咏物词仅《次韵》及《咏雁》二首，尤以《次韵》为工，词已见前。史邦卿（达祖）《双双燕》云：“过春社了，度帘幕中间，去年尘冷。差池欲住，试入旧巢相并。还相雕梁藻井，又软语商量不定。飘然快拂花梢，翠尾分开红影。　芳

径，芹泥雨润。爱贴地争飞，竞夸轻俊。红楼归晚，看足柳昏花暝。应自栖香正稳，便忘了、天涯芳信。愁损翠黛双蛾，日日画阑独凭。”

②《词源》卷下《意趣门》，举姜白石（夔）《暗香》《疏影》二首以为皆清空中有意趣。《暗香》云：“旧时月色，算几番照我，梅旁吹笛。唤起玉人，不管清寒与攀摘。何逊而今渐老，都忘却、春风词笔。但怪得、竹外疏花，香冷入瑶席。　江国，正寂寂，叹寄与路遥，夜雪初积。翠樽易泣，红萼无言耿相忆。长记曾携手处，千树压、西湖寒碧，又片片、吹尽也，几时见得？”《疏影》云：“苔枝缀玉，有翠禽小小，枝上同宿。客里相逢，篱角黄昏，无言自倚修竹。昭君不惯胡沙远，但暗忆、江南江北。想佩环、月夜归来，化作此花幽独。　犹记深宫旧事，那人正睡里，飞近蛾绿。莫似春风，不管盈盈，早与安排金屋。还教一片随波去，又却怨、玉龙哀曲。等恁时、重觅幽香，已入小窗横幅。”（二词均在《彊村丛书》本《白石道人歌曲》卷之五。）

③杜甫《和裴迪登蜀州东亭送客逢早梅相忆见寄》：“东阁官梅动诗兴，还如何逊在扬州。此时对雪遥相忆，送客逢春可自由。幸不折来伤岁暮，若为看去乱乡愁。江边一树垂垂发，朝夕催人自白头。”

花鸟重彩条屏（局部）

三十四

白石写景之作，如“二十四桥仍在，波心荡冷月无声”①，“数峰清苦，商略黄昏雨”②，“高树晚蝉，说西风消息”③，虽格韵高绝，然如雾里看花，终隔一层。梅溪、梦窗诸家写景之病，皆在一“隔”字。北宋风流，渡江遂绝，抑真有运会存乎其间耶？

许文雨讲疏：

①《彊村丛书》本《白石道人歌曲》卷之五《自度曲》*云：“淮左名都，竹西佳处，解鞍少驻初程。过春风十里，尽荠麦青青。自胡马窥江去后，废池乔木，犹厌言兵。渐黄昏，清角吹寒，都在空城。　杜郎俊赏，算而今重到须惊。纵豆蔻词工，青楼梦好，难赋深情。二十四桥仍在，波心荡冷月无声。念桥边红药，年年知为谁生？”

②《彊村丛书》本《白石道人歌曲》卷之三《点绛唇》第一首云：

* 现作《扬州慢》——编者注

“燕雁无心，太湖西畔随云去。数峰清苦，商略黄昏雨。　第四桥边，拟共天随住，今何许？凭栏怀古，残柳参差舞。”

③二句见上引《惜红衣》词。“高树”一作“高柳”。

多寿图（局部）

三十五

问隔与不隔之别，曰：陶谢之诗不隔①，延年则稍隔矣②；东坡之诗不隔，山谷则稍隔矣③。“池塘生春草”④“空梁落燕泥”⑤等二句，妙处唯在不隔，词亦如是。即以一人一词论，如欧阳公《少年游·咏春草》上半阕云：“阑干十二独凭春，晴碧远连云，二月三月，千里万里*，行色苦愁人。”语语都在目前，便是不隔；至云：“谢家池上，江淹浦畔”，则隔矣⑥。白石《翠楼吟》：“此地。宜有词仙，拥素云黄鹤，与君游戏。玉梯凝望久，叹芳草、萋萋千里”，便是不隔；至“酒祓清愁，花消英气”，则隔矣⑦。然南宋词，虽不隔处，比之前人，自有浅深厚薄之别。

许文雨讲疏：

①萧统评渊明之诗，为抑扬爽朗，莫之与京。鲍照评灵运之诗，如初日芙蓉，自然可爱，曰爽朗，曰自然，即此所谓不隔也。

---

* “二月三月，千里万里”此两句倒置。——编者注

②汤惠休评颜延年诗，如错采镂金。盖病其雕绘过甚，即有胜义，难以直寻。此王氏所以谓之隔也。

③沈德潜评东坡诗笔超旷，等于天马脱羁，飞蹔游戏，穷极变幻，而适如意中所欲出。赵翼评东坡之诗，爽如哀梨，快如并剪，有必达之隐，无难显之情。并足证东坡诗之不隔也。陈后山谓山谷学杜，过于出奇，不如杜之遇物而奇。沈德潜则以太生目之。过于出奇与太生云者，盖指摘其失自然之义。即此山谷稍隔之说也。《许彦周诗话》引林艾轩云："丈夫见客，大踏步便出去；若女子便有许多妆裹。此坡谷之别也。"喻苏爽黄涩尤显。

④丁刊《全宋诗》卷三谢灵运《登池上楼》云："潜虬媚幽姿，飞鸿响远音。薄宵愧云浮，栖川怍渊沉。进德智所拙，退耕力不任。徇禄反穷海，卧病对空林。衾枕昧节候，褰开暂窥临。倾耳聆波澜，举目眺岖嵚。初景革绪风，新阳改故阴。池塘生春草，园柳变鸣禽。祁祁伤豳歌，萋萋感楚吟。索居易永久，离群难处心。持操岂独古，无闷征在今。"

⑤丁刊《全隋诗》卷二薛道衡《昔昔盐》云："垂柳覆金堤，蘼芜叶复齐。水溢芙蓉沼，花飞桃李蹊。采桑秦氏女，织锦窦家妻。关山别荡子，风月守空闺。恒敛千金笑，长垂双玉啼。盘龙随镜隐，彩凤逐帷低。飞魂同夜鹊，倦寝忆晨鸡。暗牖悬蛛网，空梁落燕泥。前年过代北，今岁往辽西。一去无消息，那能惜马蹄！"

⑥《少年游》词全文，已见前注。"谢家池上"，用谢灵运"池塘生春草"句典；"江淹浦畔"，用江淹《别赋》"春草碧色，春水绿波，送君南浦，伤如之何"四句。谢江原作，皆妙见兴象，欧词则凿死妙语，意晦趣隔矣。

⑦《彊村丛书》本《白石道人歌曲》卷之六，自制曲，《翠楼吟》云："月冷龙沙，尘清虎落，今年汉酺初赐。新翻胡部曲，听毡幕、元戎歌吹。层楼高峙，看槛曲萦红，檐牙飞翠。人姝丽，粉香吹下，夜寒风细。　　此地宜有词仙，拥素云黄鹤，与君游戏。玉梯凝望久，叹芳草萋萋千里。天涯情味，仗酒祓清愁，花销英气。西山外，晚来还卷，一帘秋霁。"

长寿果图（局部）

三十六

“生年不满百，常怀千岁忧。昼短苦夜长，何不秉烛游？”[①]“服食求神仙，多为药所误。不如饮美酒，被服纨与素。”[②]写情如此，方为不隔。“采菊东篱下，悠然见南山。山气日夕佳，飞鸟相与还。”“天似穹庐，笼盖四野。天苍苍，野茫茫，风吹草低见牛羊。”[③]写景如此，方为不隔。

许文雨讲疏：

①《文选·古诗十九首》第十五首云：“生年不满百，常怀千岁忧。昼短苦夜长，何不秉烛游？为乐当及时，何能待来兹！愚者爱惜费，但为后世嗤。仙人王子乔，难可与等期！”

②《文选·古诗十九首》第十三首云：“驱车上东门，遥望郭北墓。白杨何萧萧，松柏夹广路。下有陈死人，杳杳即长暮。潜寐黄泉下，千载永不悟。浩浩阴阳移，年命如朝露。人生忽如寄，寿无金石固。万岁更相送，圣贤莫能渡。服食求神仙，多为药所误。不如饮美酒，被服

纨与素。”

③丁刊《全北齐诗》斛律金《敕勒歌》云：“敕勒川，阴山下，天似穹庐，笼盖四野。天苍苍，野茫茫，风吹草低见牛羊。”

墨虾（局部）

三十七

古今词人格调之高无如白石。惜不于意境上用力，故觉无言外之味，弦外之响，终不能与于一流作者也。

南宋词人，白石有格而无情，剑南[①]有气而乏韵，其堪与北宋人颉颃者，唯一幼安耳。近人祖南宋而祧北宋，以南宋之词可学，北宋不可学也。学南宋者，不祖白石，则祖梦窗，以白石梦窗可学，幼安不可学也。学幼安者率祖其粗犷滑稽，以其粗犷滑稽处可学，佳处不可学也。幼安之佳处，在有性情，有境界，即以气象论，亦有“横素波干青云”[②]之概。宁后世龌龊小生所可拟耶?

许文雨讲疏：

①剑南即陆游。

②萧统《陶渊明集·序》云：“横素波而傍流，干青云而直上。”

果蔬图（局部）

三十八

东坡之词旷[①]，稼轩之词豪[②]。无二人之胸襟而学其词，犹东施之效捧心也。

许文雨讲疏：

①《艺概》云："东坡词具神仙出世之姿。"

②《艺概》云："稼轩词龙腾虎掷，《宋史·本传》称其雅善长短句，悲壮激烈。"

三十九

读东坡、稼轩词，须观其雅量高致，有伯夷柳下惠之风。白石虽似蝉蜕尘埃，然终不免局促辕下。

苏、辛词中之狂，白石犹不失为狷，若梦窗、梅溪、玉田、草窗、中麓辈，面目不同，同归于乡愿而已[①]。

许文雨讲疏：

①按狂者进取，狷者则有所不为，虽非中道之士，而孔门固犹有取。苏、辛之词，大抵皆具豪放之致，而白石之词，刘熙载譬诸“藐姑冰雪”，其与苏、辛之异，亦犹狷之殊狂也。至吴文英（梦窗）、史达祖（梅溪）、张炎（玉田）、周密（草窗）及明人李开先（中麓）之词，大抵好修为常，性灵渐隐，亦犹乡愿之色厉内荏，似是而非。害德害文，不妨同喻。

葫芦牵牛花图（局部）

四十

稼轩中秋饮酒达旦，用《天问》体作《木兰花慢》[①]以送月曰：“可怜今夕月，向何处，去悠悠？是别有人间，那边才见，光景东头。”词人想像，直悟月轮绕地之理，与科学家密合，可谓神悟。

许文雨讲疏：

①四印斋刻本辛弃疾《稼轩词》卷四，载《木兰花慢》云：“可怜今夕月，向何处，去悠悠？是别有人间，那边才见，光景东头？是天外，空汗漫，但长风浩浩送中秋。飞镜无根谁系？嫦娥不嫁谁留？　谁经海底问无由，恍惚使人愁。怕万里长鲸，纵横触破，玉殿琼楼。虾蟆故堪浴水，问云何玉兔解沉浮？若道都齐无恙，云何渐渐如钩？”

四十一

周介存谓："梅溪词中喜用偷字，足以定其品格。"[①]刘融斋谓："周旨荡而史意贪。"[②]此二语令人解颐。

许文雨讲疏：

①语见周济《介存斋论词杂著》。

②《艺概》云："周美成律最精审，史邦卿句最警炼，然未得为君子之词者，周旨荡而史意贪也。"

荷塘鸳鸯图（局部）

四十二

介存谓："梦窗词之佳者如水光云影，摇荡绿波，抚玩无极，追寻已远。"余览《梦窗甲乙丙丁稿》[1]中，实无足当此者；有之，其"隔江人在雨声中，晚风菰叶生秋怨"[2]二语乎？

许文雨讲疏：

①《梦窗甲乙丙丁稿》，毛氏汲古阁刻。

②《彊村丛书》本吴文英《梦窗词集补·踏莎行》云："润玉笼绡，檀樱倚扇，绣圈犹带脂香浅。榴心空叠舞裙红，艾枝应压愁鬟乱。　午梦千山，窗阴一箭，香瘢新褪红丝腕。隔江人在雨声中，晚风菰叶生秋怨。"

四十三

梦窗之词，余得取其词中一语以评之曰："映梦窗凌乱碧。"[①]玉田之词，余得取其中之一语以评之曰："玉老田荒"[②]。

许文雨讲疏：

①《彊村丛书》本吴文英《梦窗词集·秋思》云："堆枕香鬟侧，骤夜声、偏称画屏秋色。风碎串珠，润侵歌板，愁压眉窄。动罗箑清商，寸心低诉叙怨抑。映梦窗，零乱碧。待涨绿春深，落花香泛，料有断红流处，暗题相忆。　　欢酌。檐花细滴。送故人、粉黛重饰。漏侵琼瑟，丁东敲断，弄晴月白。怕一曲《霓裳》未终，催云骖凤翼。叹谢客、犹未识，漫瘦却东阳，灯前无梦到得，路隔重云雁北。"

②《彊村丛书》本张炎（玉田）《山中白云词》卷八《踏莎行·跋寄傲诗集》云："水落槎枯，田荒玉碎，夜阑秉烛惊相对。故家人物已无传，一灯却照清江外。　　色展天机，光摇海贝，锦囊日月奚童背，重逢何处抚孤松，共吟风月西湖醉。"靳《注》云："田荒当为田荒玉碎之意引。"

牧牛（局部）

四十四

"明月照积雪"[①]，"大江流日夜"[②]，"中天悬明月"[③]，"黄河落日圆"[④]，此种境界，可谓千古壮观。求之于词，唯纳兰容若塞上之作，如《长相思》之"夜深千帐灯"[⑤]，《如梦令》之"万帐穹庐人醉，星影摇摇欲坠"[⑥]，差近之。

许文雨讲疏：

①丁刊《全宋诗》卷三谢灵运《岁暮》："殷忧不能寐，苦此夜难颓。明月照积雪，朔风劲（或作清）且哀。运往无淹物，年逝觉已（或作易）催。"

②丁刊《全齐诗》卷三谢朓《暂使下都夜发新林至京邑赠西府同僚》："大江流日夜，客心悲未央。徒念关山近，终知返路长。秋河曙耿耿，寒渚夜苍苍。引领见京室，宫雉正相望。金波丽鳷鹊，玉绳低建章。驱车鼎门外，思见昭丘阳。驰晖不可接，何况隔两乡！风云有鸟路，江汉限无梁。常恐鹰隼击，时菊委严霜。寄言罻罗者，寥廓已高翔！"朓字玄晖，南齐下邳人，与灵运等同为玄之后。

③杜甫《后出塞》内句也，全诗见前。

④《全唐诗》卷五王维《使至塞上》云："单车欲问边，属国过居延。（一作衔命辞天阙，单车欲问边）征蓬出汉塞，归雁入胡天。大漠孤烟直，长河落日圆。萧关逢候吏（一作骑），都护在燕然。"王引偶有异文。

⑤纳兰容若《饮水词》卷上，载《长相思》云："山一程，水一程，身向榆关那畔行。夜深千帐灯。　风一更，雪一更，聒碎乡心梦不成。故园无此声。"

⑥《纳兰词补遗》载《如梦令》云："万帐穹庐人醉，星影摇摇欲坠。归梦隔狼河，又被河声搅碎。还睡，还睡，解道醒来无味。"

花鸟重彩条屏（局部）

四十五

纳兰容若以自然之眼观物，以自然之舌言情。此由初入中原，未染汉人风气，故能真切如此。北宋以来，一人而已。

陆放翁跋《花间集》，谓："唐季五代诗愈卑，而倚声辄简古可爱。能此不能彼，未可以理推也。"《提要》驳之，谓："犹能举七十斤者，举百斤则蹶，举五十斤则运掉自如。"其言甚辨①。然谓词必易于诗，余未敢信。善乎陈卧子②之言曰："宋人不知诗而强作诗，故终宋之世无诗。然其欢愉愁苦之致，动于中而不能抑者，类发于诗余，故其所造独工。"五代词之所以独胜，亦以此也。

许文雨讲疏：

①《四库提要》云："《花间集》后有陆游二《跋》：其一称斯时天下岌岌，士大夫乃流宕如此，或者出于无聊。不知惟士大夫流宕如此，天下所以岌岌。游未返思其本耳。其二称唐季五代诗愈卑，而倚声者辄简古可爱。能此不能彼，未易以理推也（参看下卷"诗至唐中叶以后"条注②）。不知文之体格有高卑，人之学力有强弱。学力不足副其体格，则举之不足；学力足以副其体格，则举之有余。律诗降于古诗，故中晚唐古

诗多不工，而律诗则时有佳作；词又降于律诗，故五季人诗不及唐，词乃独胜。此犹能举七十斤者举百斤则蹶；举五十斤，则运掉自如。有何不可理推乎？”

②陈卧子，名子龙，更字人中，号大樽，明松江华亭人。有《诗问略》行世（参看下卷“诗至唐中叶以后”条注②）。

东方朔偷桃图（局部）

四十六

四言敝而有《楚辞》，《楚辞》敝而有五言，五言敝而有七言，古诗敝而有律绝，律绝敝而有词。盖文体通行既久，染指遂多，自成习套。豪杰之士，亦难于其中自出新意，故遁而作他体，以自解脱。一切文体所始盛中衰者，皆由于此。故谓文学后不如前，余未敢信。但就一体论，则此说固无以易也。

诗之三百篇十九首，词之五代、北宋，皆无题也；非无题也，诗词其意，不能以题尽之也。自《花庵》[①]《草堂》[②]每调立题，并古人无题之词亦为作题。如观一幅佳山水，而即曰此某山某河，可乎？诗有题而诗亡，词有题而词亡。然中材之士，鲜能知此而自振拔矣。

许文雨讲疏：

①《花庵》，词选名，宋黄昇编，凡二十卷。前十卷名《唐宋诸贤绝妙词选》，始于唐李白，终于北宋王昂；方外闺秀各为一卷附焉。后十卷曰《中兴以来绝妙词选》，始于康与之，终于黄昇。黄昇，字叔阳，号玉

林，闽人。

②《草堂》即《草堂诗余》，武林逸史编。词家有小令中调长调之分，自此书始。凡四卷。

大寿（局部）

四十七

大家之作，其言情也必沁人心脾；其写景也必豁人耳目；其辞脱口而出，无矫揉妆束之态。以其所见者真，所知者深也。诗词皆然。持以衡古今之作者，可无大误矣。

人能于诗词中不为美刺投赠之篇，不使隶事之句，不用粉饰之字，则于此道已过半矣。

以《长恨歌》之壮采，而所隶之事，只“小玉双成”四字，才有余也。梅村歌行，则非隶事不办[①]。白吴优劣，即于此见。不独作诗为然，填词家亦不可不知也。

许文雨讲疏：

①按如吴梅村伟业《圆圆曲》，使事固多，亦由避触时忌使然。白乐天《长恨歌》，则有陈鸿之传在前，故能运以轻灵。势有不同，未可遽判其优劣。

四十八

近体诗体制，以五七言绝句为最尊；律诗次之；排律最下。盖此体于寄兴言情两无所当，殆有韵之骈体文耳。词中小令如绝句，长调如律诗，若长调之《百字令》《沁园春》等，则近于排律矣。

诗人对宇宙人生，须入乎其内，又须出乎其外。入乎其内，故能写之；出乎其外，故能观之。入乎其内，故有生气；出乎其外，故有高致。美成能入而不出，白石以降，于此二事皆未梦见。

诗人必有轻视外物之意，故能以奴仆命风月。又必有重视外物之意，故能与花草共忧乐。

“昔为倡家女，今为荡子妇。荡子行不归，空床难独守。”[①]“何不策高足，先据要路津？无为久贫贱，轗轲长苦辛。”[②]可谓淫鄙之尤。然无视为淫词[③]鄙词[④]者，以其真也。五代北宋之大词人亦然。非无淫词，读之者但觉其亲切动人；非无鄙词，但觉其精力弥满。可知淫词与鄙词之病，非淫与鄙之病，而游词之病也。“岂不尔思，室是远而。”而子曰：“未之思也。夫何远之有？”[⑤]恶其游也。

许文雨讲疏：

①《古诗十九首》第二首：“青青河畔草，郁郁园中柳。盈盈楼上

女，皎皎当窗牖。娥娥红粉妆，纤纤出素手。昔为倡家女，今为荡子妇。荡子行不归，空床难独守。”

②《古诗十九首》第四首：“今日良宴会，欢乐难具陈。弹筝奋逸响，新声妙入神。令德唱高言，识曲听其真。齐心同所愿，含意俱未伸。人生寄一世，奄忽若飙尘。何不策高足，先据要路津？无为守穷贱，轗轲常苦辛。”

③金应珪《词选后序》云：“义非宋玉，而独赋蓬发；谏谢淳于，而唯陈履舄、揣摩床笫，污秽中冓。是为淫词。”

④金应珪《词选后序》云：“猛起奋末，分言析字，诙嘲则俳优之末流，叫啸则市侩之盛气，此犹巴人振喉以和阳春，黾蜮怒嗌以调疏越，是谓鄙词。”

⑤《论语·子罕》云：“唐棣之华，偏其反而；岂不尔思，室是远而。子曰：未之思也，夫何远之有？”

荷花鸳鸯（局部）

四十九

“枯藤老树昏鸦。小桥流水平沙。古道西风瘦马。夕阳西下，断肠人在天涯。”此元人马东篱[①]《天净沙》小令也。寥寥数语，深得唐人绝句妙境。有元一代词家，皆不能办此也。

许文雨讲疏：

①马东篱，号东篱，名致远，元大都人。所作曲存于《元曲选》中者，凡《青衫泪》《岳阳楼》《陈抟高卧》《汉宫秋》《荐福碑》及《任风子》等。

贝叶草丛（局部）

五十

白仁甫《秋夜梧桐雨》剧，沈雄悲壮，为元曲冠冕①。然所作《天籁词》，粗浅之甚，不足为稼轩奴隶。创者易工，而因者难巧欤？抑人各有能有不能也？读者观欧秦之诗，远不如词，足透此中消息。

许文雨讲疏：

①吴梅云："白朴（仁甫）《唐明皇秋夜梧桐雨》杂剧，结构之妙，较他种更胜，不袭通常团圆套路，而夜雨闻铃作结，高出常手万倍。"

人间词话讲疏　卷下

一

白石之词，余所最爱者，亦仅二语，曰：“淮南皓月冷千山，冥冥归去无人管。”①

许文雨讲疏：

①《彊村丛书》本《白石道人歌曲》卷三《踏莎行·自沔东来，丁未元日，至金陵江上，感梦而作》：“燕燕轻盈，莺莺娇软，分明又向华胥见。夜长争得薄情知，春初早被相思染。　别后书辞，别时针线，离魂暗逐郎行远。淮南皓月冷千山，冥冥归去无人管。”

水鸟（局部）

二

双声叠韵之论，盛于六朝[①]。唐人犹多用之[②]。至宋以后，则渐不讲，并不知二者为何物。乾嘉间吾乡周松霭（春）著《杜诗双声叠韵谱括略》，正千余年之误，可谓有功文苑者矣。其言曰："两字同母谓之双声。两字同韵谓之叠韵。"[③]余按用今日各国文法通用之语表之：则两字同一子音者，谓之双声，如《南史·羊元保传》之"官家恨狭，更广八分"。官家更广四字，皆从k得声。《洛阳伽蓝记》之狞奴慢骂，狞奴二字，皆从n得声，慢骂二字，皆从m得声也。两字同一母音者，谓之叠韵，如梁武帝"后牖有朽柳"[④]，后牖有三字，双声而兼叠韵。有朽柳三字，其母音皆为u。刘孝绰之"梁皇长康强"，梁长强三字，其母音皆为ian也。自李淑《诗苑》[⑤]，伪造沈约之说，以双声叠韵为诗中八病之二[⑥]。后世诗家多废而不讲，亦不复用之于词。余谓苟于词之荡漾处，多用叠韵，促节处多用双声，则其铿锵可诵，必有过于前人者，惜世之专讲音律者，尚未悟此也。

许文雨讲疏：

①如《宋书·谢庄传》，载庄得王玄谟，玄护为双声，磝碻为叠韵。

又《王玄保传》好为双声。又沈约所谓一简之内，音韵尽殊，与刘勰所谓响有双叠，双声隔字而每舛，叠韵杂句而必睽同理。皆论双声叠韵之说也。

②如杜诗最善运双叠，周春曾为谱以著之。

③此与刘勰所谓“异音相从谓之和，同声相应谓之韵”同理。

④《韵语阳秋》引陆龟蒙诗序曰：“叠韵起自梁武帝，云‘后牖有朽柳’，当时侍从之臣皆唱和，刘孝绰云：‘梁王长康强！’沈休文云：‘载碓每碍埭。’自后用此体作为小诗者多矣。”

⑤宋李淑《诗苑类格》三卷，书佚。《玉海》五十四云：“翰林学士李淑承诏编为三卷，上卷首以真宗御制八篇，条解声律为常格，别二篇为变格，又以沈约而下二十八人评诗者次之。中卷叙古诗杂体三十门。下卷叙古人体制别有六十七门。”

⑥八病中有傍纽病，谓一句之内，犯两用同纽字之病也。亦即刘勰所谓双声隔字而每舛。又有小韵病，谓一句之内，犯两用同韵字之病也。亦即刘勰所谓叠韵杂句而必睽。

葫芦牵牛花图（局部）

三

诗至唐中叶以后[①]，殆为羔雁之具矣。故五代北宋之诗，佳者绝少。而词则为其极盛时代[②]。即诗词兼擅如永叔少游者词胜于诗远甚，以其写之于诗者不若写之于词者之真也。至南宋以后，词亦为羔雁之具，而词亦替矣。此亦文学升降之一关键也。

许文雨讲疏：

①按唐中叶以后，唱酬诗繁，和韵尤为风行，窘步相寻，诗之真趣尽矣。

②陆游云："诗至晚唐五季，气格卑陋，千家一律，而长短句独精巧高丽，后世莫及。"陈子龙云："宋人不知诗而强作诗，其为诗也，言理而不言情，终宋之世无诗。然其欢愉愁苦之致，动于中而不能抑者，类发于诗余，故其所造独工，盖以沈挚之思而出之必浅近，使读之者骤遇之如在耳目之前，久诵之而得隽永之趣，则用意难也；以儇利之词，而制之必工炼，使篇无累句，句无累字，圆润明密，言如贯珠，则铸词难也；其为体也纤弱，明珠翠羽，犹嫌其重，何况龙鸾必有鲜妍之姿，而不藉粉泽，则设色难也；其为境也婉媚，虽以惊露取妍，实贵含蓄不尽，时在低徊唱

叹之际，则命篇难也。宋人专事之，篇什既富，触景皆会，虽高谈大雅，而亦觉其不可废也。”（见《历代诗余》卷一一二引，又卷一一八引。又前卷陆放翁、陈卧子条可参。）

三鱼图（局部）

四

曾纯甫中秋应制，作《壶中天慢》词[①]，自注云："是夜西兴亦闻天乐。"谓宫中乐声，闻于隔岸也。毛子晋谓天神亦不以人废言。近冯梦华复辨其诬[②]，不解天乐二字文义，殊笑人也。

许文雨讲疏：

①曾觌字纯甫，汴人。孝宗受禅，以潜邸旧人，除权知阁门事。有《海野词》，收入毛晋所刻《宋六十名家词》。《壶中天慢》调下自注云："此进御月词也。上皇大喜曰：'从来月词，不曾用金瓯事，可谓新奇。'赐金束带紫番罗水晶碗，上亦赐宝盏，至一更五点还宫，至夜西兴亦闻天乐焉。"词曰："素飙漾碧，看天衢稳送、一轮明月。翠水瀛壶人不到，比似世间秋别。玉手瑶笙，一时同色，小按《霓裳》叠，天津桥上、有人偷记新阕。　当日谁幻银桥，阿瞒儿戏，一笑成痴绝。肯信群仙高宴处，移下水晶宫阙。云海尘清，山河影满，桂冷吹香雪。何劳玉斧，金瓯千古无缺。"毛晋跋语云："进月词，'一夕西兴，共闻天乐'岂天神亦不以人废言耶。"

②冯煦（梦华）《宋六十一家词选·例言》云："曾纯甫赋进御月词

（按即《壶中天》词），其自记云，是夜西兴亦闻天乐。子晋遂谓天神亦不以人废言，不知宋人每好自神其说，白石道人尚欲以巢湖风驶归功于《平调满江红》，于海野何讥焉。《独醒杂志》谓逻卒闻张建封庙中鬼歌东坡燕子楼乐章，则又出他人之传会，益无征已。”

晚香（局部）

五

北宋名家，以方回为最次①。其词如历下新城之诗②，非不华赡，惜少真味。

许文雨讲疏：

①沈雄《柳塘词话》云："方回作《青玉案》词，黄山谷赠以诗云，'解道江南肠断句，只今惟有贺方回！'其为前辈推重可知。因词中有'梅子黄时雨'，人呼为贺梅子。"陈廷焯《白雨斋词话》卷一云："方回《踏莎行·荷花》云：'断无蜂蝶慕幽香，红衣脱尽芳心苦。'下云：'当年不肯嫁东风，无端却被秋风误！'此词骚情雅意，哀怨无端，读者亦不自知何以心醉，何以泪堕。《浣溪沙》云：'记得西楼凝醉眼，昔年风物似而今，只无人与共登临！'只用数虚字盘旋唱叹，而情事毕现，神乎技矣。世第赏其梅子黄时雨一章，犹是耳食之见。"沈陈二氏论词均推方回，而王氏竟以乏真味少之，可见词坛定论之难。

②李攀龙，明历城人，诗主声调。王士祯，清新城人，诗主神韵。

独酌（局部）

六

散文易学而难工，骈文难学而易工；近体诗易学而难工，古体诗难学而易工；小令易学而难工，长调难学而易工。

古诗云：“谁能思不歌？谁能饥不食？”[①]诗词者，物之不得其平而鸣者也[②]。故欢愉之辞难工，愁苦之言易巧[③]。

许文雨讲疏：

①《子夜歌》云：“谁能思不歌，谁能饥不食。日冥当户倚，惆怅底不忆？”

②韩愈《送孟郊序》云：“大凡物不得其平则鸣，其于人也亦然。孟郊东野，始以其诗鸣，抑不知天将和其声而使鸣国家之盛耶？抑将穷饿其身，思愁其心肠，而使自鸣其不幸耶？”

③《白雨斋词话》卷七云：“诗以穷而后工，倚声亦然。故仙词不如鬼词，哀则幽郁，乐则浅显也。”

荷塘鸳鸯图（局部）

七

社会上之习惯，杀许多之善人；文学上之习惯，杀许多之天才。

昔人论诗词，有景语情语之别，不知一切景语，皆情语也。

词家多以景寓情，其专作情语而绝妙者，如牛峤之“甘作一生拼，尽君今日欢”[1]，顾夐之“换我心为你心，始知相忆深”[2]，欧阳修之“衣带渐宽终不悔，为伊消得人憔悴”[3]，美成之“许多烦恼，只为当时，一饷留情”[4]。此等词，求之古今人词中，曾不多见。

许文雨讲疏：

①按峤，蜀人。检原词，“甘”字应作“须”字。王国维辑本《牛给事词·菩萨蛮》其七云：“玉炉冰簟鸳鸯锦，粉融香汗流山枕。帘外辘轳声，敛眉含笑惊。　柳阴烟漠漠，低鬓蝉钗落。须作一生拼，尽君今日欢。”贺裳《词筌》云：“小词以含蓄为佳，亦有作决绝语而妙者：如牛峤‘须作一生拼，尽君今日欢！’抑亦其次。”

②按顾夐，蜀人。王国维辑本《顾太尉词·诉衷情》其二云：“永夜抛人何处去？绝来音。香阁掩，眉敛，月将沈。　争忍不相寻？怨孤衾。换我心为你心，始知相忆深。”

③按此系柳永词，作欧阳，误。全词已见卷上，不赘引。贺裳《词筌》云：“小词含蓄为佳，亦有作决绝语而妙者：如韦庄‘谁家年少足风

流，妾拟将身嫁与一生休！纵被无情弃，不能羞。’之类是也，柳耆卿‘衣带渐宽终不悔，为伊消得人憔悴！’亦即韦意而气加婉矣。”

④《彊村丛书》本《片玉集》卷六，《庆宫春·越调》云：“云接平冈，山围寒野，路回渐转孤城。衰柳啼鸦，惊风驱雁，动人一片秋声。倦途休驾，淡烟里、微茫见星。尘埃憔悴，生怕黄昏，离思牵萦。　华堂旧日逢迎，花艳参差，香雾飘零。弦管当头，偏怜娇凤，夜深簧暖笙清。眼波传意，恨密约、匆匆未成。许多烦恼，只为当时，一饷留情！”

桃实图（局部）

八

词之为体，要眇宜修[①]。能言诗之所不能言，而不能尽言诗之所能言。诗之境阔，词之言长。

许文雨讲疏：

①《九歌·湘君》："美要眇兮宜修。"

花鸟重彩条屏（局部）

九

言气质[①]，言神韵[②]，不如言境界。有境界，本也。气质神韵，末也[③]。有境界而二者随之矣。

许文雨讲疏：

①气质指人之才分。自魏文帝已阐此义。

②王士祯所谓神韵，翁方纲以为即格调之改称。说见《石洲诗话》。

③境界之说，王氏自谓独创，已见卷上。境界由文思构成，而以灏烂为贵。思君如流水，既是即目；高台多悲风，亦惟所见。钟嵘论文境，雅重耳目之不隔，王氏之说果无所本乎。至以作者才分论文，以文字声调论文，自未若以文学之境界论文为更深切也。

花与蝴蝶（局部）

十

“西风吹渭水，落日满长安。”[①]美成以之入词[②]，白仁甫以之入曲[③]，此借古人之境界，为我之境界者也。然非自有境界，古人亦不为我用。

许文雨讲疏：

①按贾岛原诗，为“秋风吹渭水，落叶满长安。”王氏误记一二字，应勘正。（陈子龙云：“贾诗，后人传为吕洞宾诗。”）

②《片玉集》卷五《齐天乐·正宫秋思》云：“绿芜凋尽台城路，殊乡又逢秋晚。暮雨生寒，鸣蛩劝织，深阁时闻裁剪。云窗静掩，叹重拂罗裀，顿疏花簟。尚有練囊露萤，清夜照书卷。荆江留滞最久，故人相望处，离思何限。渭水西风，长安乱叶，空忆诗情宛转。凭高眺远，正玉液新篘，蟹螯初荐。醉倒山翁，但愁斜照敛。”

③白仁甫《德胜乐·秋》（第三段）云：“玉露冷，蛩吟砌，听落叶西风渭水，寒雁儿长空嘹唳，陶元亮醉在东篱！”（录自任讷校补《阳春白雪补集》。《太和正音谱》首二句作“玉露泠泠蛩吟砌，落叶西风渭水。”）

豇豆螳螂（局部）

十一

长调自以周、柳、苏、辛为最工。美成《浪淘沙慢》二词①，精壮顿挫，已开北曲之先声。若屯田之《八声甘州》②，东坡之《水调歌头》③，则伫兴之作，格高千古，不能以常调论也。

许文雨讲疏：

①按美成《浪淘沙》，本集只一篇。二词若作一词之前后片解，亦不经见。疑二字衍，应作美成《浪淘沙》慢词。其词云："昼阴重，霜凋岸草，雾隐城堞。南陌脂车待发，东门帐饮乍阕。正拂面、垂杨堪揽结。掩红泪、玉手亲折。念汉浦、离鸿去何许，经时信音绝。　　情切，望中地远天阔，向露冷风清，无人处、耿耿寒漏咽。嗟万事难忘，惟是轻别。翠尊未竭，凭断云，留取西楼残月。　　罗带光消纹衾叠，连环解、旧香顿歇。怨歌永，琼壶敲尽缺。恨春去、不与人期，弄夜色、空余满地梨花雪。"

②柳耆卿《乐章集》下卷《八声甘州》云："对潇潇暮雨洒江天，一番洗清秋。渐霜风凄惨，关河冷落，残照当楼。是处红衰翠减，苒苒物华休。惟有长江水，无语东流。　　不忍登高临远，望故乡渺邈，归思难

收。叹年来踪迹，何事苦淹留。想佳人妆楼长望，误几回、天际识归舟，争知我、倚阑干处，正恁凝愁！”

③检《彊村丛书》编年本《东坡乐府》，得《水调歌头》四首：一为《中秋欢饮兼怀子由》作；二为《和子由》作；三为《快哉亭》作；四为《檃栝退之听琴诗》作。兹录其一示例：“明月几时有，把酒问青天。不知天上宫阙，今夕是何年？我欲乘风归去，惟恐琼楼玉宇，高处不胜寒！起舞弄清影，何似在人间！　　转朱阁，低绮户，照无眠。不应有恨，何事长向别时圆？人有悲欢离合，月有阴晴圆缺，此事古难全。但愿人长久，千里共婵娟！”

十二

稼轩《贺新郎》词“送茂嘉十二弟”[①]，章法绝妙。且语语有境界，此能品而几于神者[②]。然非有意为之，故后人不能学也。

许文雨讲疏：

①毛晋刻本《稼轩词》卷一《贺新郎·别茂嘉十二弟》云：“绿树听鹈鴂。更那堪、鹧鸪声住，杜鹃声切。啼到春归无寻处，苦恨芳菲都歇。算未抵、人间离别。马上琵琶关塞黑，更长门、翠辇辞金阙。看燕燕，送归妾。　将军百战身名裂。向河梁、回头万里，故人长绝。易水萧萧西风冷，满座衣冠似雪。正壮士、悲歌未彻。啼鸟还知如许恨，料不啼、清泪长啼血。谁共我，醉明月！”

②梁任公云：“稼轩善用回荡的表情法，此首却出之以堆垒式。”

灵芝、草和天牛（局部）

十三

稼轩《贺新郎》词，“柳暗凌波路，送春归，猛风暴雨，一番新绿。”又《定风波》词，“从此酒酣明月夜耳热”，“绿”“热”二字皆作上去用，与韩玉《贺新郎·东浦词》，以“玉”“曲”叶“注”“女”，《卜算子》以“夜”“谢”叶“食”“月”，已开北曲四声通押之祖[①]。

许文雨讲疏：

①谢章铤《词话续编》一云：“词之三声互叶，非创自词也，虞廷赓歌已以熙韵喜起矣。”就词而言，则友人夏瞿禅云：“《云谣集·渔歌子》‘悄’‘寞’‘祷’‘少’，三声相叶，为最先见之例。又《乐府雅词·九张机》‘机’‘理’‘寐’‘白’‘碧’‘色’相叶。又此例金道人词最多。”

牧牛（局部）

十四

谭复堂《箧中词》选，谓蒋鹿潭《水云楼词》，与成容若、项莲生，二百年间，分鼎三足[①]。然《水云楼词》，小令颇有境界，长调惟存气格。《忆云词》精实有余，超逸不足。皆不足与容若比。然视皋文、止庵[②]辈，则倜乎远矣。

许文雨讲疏：

①谭献《箧中词》卷五云："文字无大小，必有正变，必有家数，《水云间》固清商变徵之声，而流别甚正，家数颇大，与成容若、项莲生二百年中，三分鼎足。成丰兵事，天挺此才，为倚声家老杜，而晚唐两宋一唱三叹之意，则已微矣。"吴梅《词学通论》驳之曰："余谓复堂以鹿潭得流别之正，此言极是。惟以成、项二君并论，则鄙意殊不谓然。成、项皆以聪明胜人，乌能与《水云》比拟？且复堂既以杜老比《水云》，试问成、项可当青莲、东川欤。此盖偏宕之论也。"按纳兰性德原名成德，字容若，满洲正白旗人。有《饮水词》三卷。项鸿祚，字莲生，钱塘人，有《忆云词》四卷。蒋春霖，字鹿潭，江阴人，有《水云楼词》二卷。录纳兰、项、蒋诸词以资参证。

浣溪沙·古北口

成德

杨柳千条送马蹄，北来征雁旧南飞。客中谁与换春衣。终古闲情归落照，一春幽梦逐游丝。信回刚道别多时。

阮郎归·吴门寄家书

项鸿祚

阛阓城下漏声残，别愁千万端。蜀笺书字报平安，烛花和泪弹。　　无一语，只加餐，病时须自宽。早梅庭院夜深寒，月中休倚阑。

卜算子

蒋春霖

燕子不曾来，小院阴阴雨。一角阑干聚落花，此是春归处。弹泪别东风，把酒浇飞絮。化了浮萍也是愁，莫向天涯去。

木兰花慢·江行晚过北固山

蒋春霖

泊秦淮雨霁，又灯火送归船。正树拥云昏，星垂野阔，暝色浮天。芦边，夜潮骤起，晕波心月影荡江圆。梦醒谁歌《楚些》，泠泠霜激哀弦。　　婵娟，不语对愁眠，往事恨难捐。看莽莽南徐，苍苍北固，如此山川。钩连，更无铁锁，任排空樯橹自回旋。寂寞鱼龙睡稳，伤心付与秋烟。

②张惠言，字皋文，有《茗柯词》。弟琦，字翰风，有《立山词》。周济，字保绪，一字介存，号未斋，晚号止庵，有《止庵词》。谭献云：“宛邻（张琦）止庵（周济）一流，学人之词。”

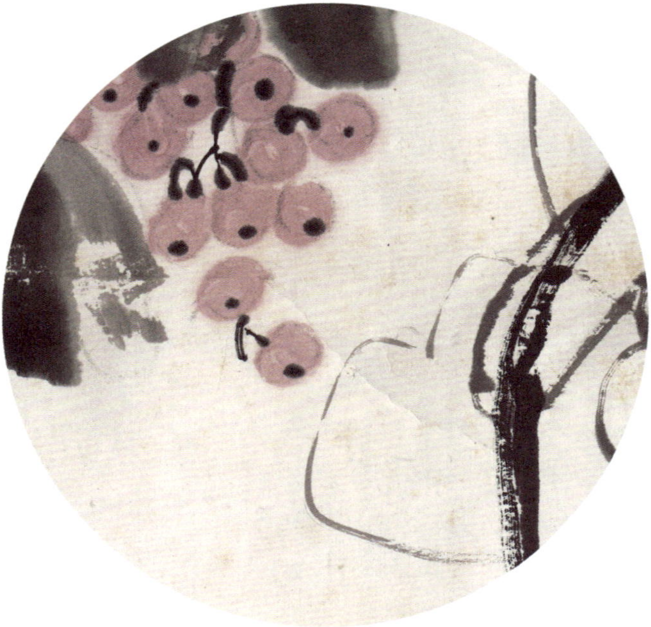

葡萄藤萝（局部）

十五

词家时代之说，盛于国初，竹垞谓：“词至北宋而大，至南宋而深。”[①]后此词人，群奉其说。然其中亦非无具眼者，周保绪曰：“南宋下不犯北宋拙率之病，高不到北宋浑涵之诣。”[②]又曰：“北宋词多就景叙情，故珠圆玉润，四照玲珑，至稼轩、白石，一变而为即事叙景，使深者反浅，曲者反直。”[③]潘四农德舆曰：“词滥觞于唐，畅于五代，而意格之闳深曲挚，则莫盛于北宋。词之有北宋，犹诗之有盛唐，至南宋则稍衰矣。”[④]刘融斋熙载曰：“北宋词用密亦疏，用隐亦亮，用沈亦快，用细亦阔，用精亦浑，南宋只是掉转过来。”[⑤]可知此事自有公论，虽止庵词颇浅薄，潘刘尤甚，然甚推尊北宋，则与明季云间诸公同一卓识也。[⑥]

许文雨讲疏：

①说见朱竹垞彝尊所著《词综》。

②周保绪济《介存斋论词杂著》云：“初学词求空，空则灵气往来。既成格调求实，实则精力弥满。初学词求有寄托，有寄托则表里相宜，斐然成章。既成格调，求无寄托，无寄托则指事类情，仁者见仁，智者见

智。北宋词下者在南宋下，以其不能空，且不知寄托也。南宋则下不犯北宋拙率之病，高不到北宋浑涵之诣。”

③见同上。

④潘德舆，字彦辅，一字四农。清道光举人。著有《养一斋诗文集》。《箧中词》卷三录潘词，后附评语云：“四农大令《与叶生书》，略曰：‘张氏《词选》，抗志希古，标高揭己，宏音雅调，多被排摈。五代北宋有自昔传诵非徒只句之警者，张氏亦多恝然置之。窃谓词滥觞于唐，畅于五代，而意格之闳深曲挚，则莫盛于北宋，词之有北宋，犹诗之有盛唐，至南宋则稍衰矣。’云云。张氏之后，首发难端，亦可谓言之有故。然不求立言宗旨，而以迹论，则亦何异明中叶诗人之侈口盛唐邪？宜《养一斋词》平钝浅狭，不足登大雅之堂也。然其针砭张氏，亦是诤友。”

⑤见刘氏所著《艺概·词曲概》。

⑥王士祯《花草蒙拾》云：“云间数公，论诗持格律，崇神韵，然拘于方幅，泥于时代，不免为识者所少。其于词亦不欲涉南宋一笔，佳处在此，短处亦在此。”

借山馆水井草虫（局部）

十六

唐五代北宋之词，可谓生香真色[①]。若云间诸公，则綵花耳[②]。湘真[③]且然，况其次焉者乎。

许文雨讲疏：

①王士祯《花草蒙拾》云：“生香真色人难学，为‘丹青女易描，真色人难学’所从出。千古诗文之诀，尽此七字。”

②云间诸公指陈子龙等。《花草蒙拾》云：“近日云间作者论词，有云，五季有唐风，入宋便开元曲，故专意小令，冀复古音，屏去宋调，庶防流失。仆谓此论虽高，殊属孟浪。”又云，“云间数公于词亦不欲涉南宋一笔，佳处在此，短处亦在此。”

③明末陈子龙，字卧子，有《湘真阁词》。《花草蒙拾》云：“《湘真词》首尾温丽，然不善学者，镂金雕琼，正如土木被文绣耳。”

群虾（局部）

十七

《衍波词》[①]之佳者，颇似贺方回[②]。虽不及容若[③]，要在浙中诸子[④]之上。近人词如复堂词之深婉[⑤]，彊村词之隐秀[⑥]，皆在半塘老人[⑦]上。彊村学梦窗[⑧]而情味较梦窗反胜，盖有临川庐陵之高华，而济以白石之疏越者[⑨]。学人之词，斯为极则。然古人自然神妙处，尚未见及。

许文雨讲疏：

①邹祇谟《远志斋词衷》："金粟云：'阮亭《衍波》一集，体备唐宋，珍逾琳琅，美非一族，目不给赏。如春去秋来二阕，以及射生归晚，雪暗盘雕，屈子《离骚》，史公《货殖》等语，非稼轩之托兴乎。《扬子江上》之风高雁断，《蜀冈眺望》之乱柳栖鸦，非坡公之吊古乎。《咏镜》之一泓春水碧如烟，《赠雁》之水碧沙明，参横月落，远向潇湘去，非梅溪、白石之赋物乎。楚簟凉生，孤睡何曾着，借锦水桃花笺色，合鲛泪和入隃麋，小字重封，非清真、淮海之言情乎。约而言之：其工致而绮靡者，《花间》之致语也。其婉娈而流动者，《草堂》之丽字也。洵乎排黄轶秦，凌周驾柳，尽态穷姿，色飞魂断矣。'"《远志斋词衷》又引唐祖命《序衍波词》云："极哀艳之深情，穷倩盼之逸趣，其旖旎而秾丽

者，则璟、煜、清照之遗也。其芊绵而俊赏者，则淮海、屯田之匹也。”

②贺铸《青玉案》云：“凌波不过横塘路，但目送、芳尘去。锦瑟年华谁与度？月桥花榭，琐窗朱户，惟有春知处。碧云冉冉蘅皋暮，彩笔新题断肠句。试问闲愁都几许？一川烟草，满城风絮，梅子黄时雨。”王士祯《点绛唇·春词》云：“水满春塘，柳绵又蘸黄金缕。燕儿来去，几阵梨花雨。情似黄丝，历乱难成绪。凝眸处，白蘋红树，不见西洲路！”二词皆融景入情，丰神独绝。

③《白雨斋词话》卷六云：“容若《饮水词》，才力不足，合者得五代人凄婉之意。余最爱其《临江仙·寒柳》云：‘疏疏一树五更寒，爱他明月好，憔悴也相关！’言中有物，几令人感激涕零。容若词亦以此篇为压卷。”

④《莲子居词话》卷三云：“吾浙词派三家：羡门（彭孙遹）有才子气，于北宋中最近小山、少游、耆卿诸公，格韵独绝。竹垞（朱彝尊）有名士气，渊雅深稳，字句密致。自明季左道言词，先生标举准绳，起衰振聋，厥功良伟。樊榭（厉鹗）有幽人气，惟冷故俏，由生得新，当其沉思独往，逸兴遄飞，自成情理之高，无预搜讨之末。”

⑤谭献自书《复堂词》首云：“周美成云：‘流潦妨车毂。’又云：‘衣润费炉烟。’辛幼安云：‘不知筋力衰多少，只觉新来懒上楼！’填词者试于此消息之。”则其词蕲向可知。王氏下文并举其《蝶恋花》中句，为寄兴深微之例。

⑥朱祖谋原名孝臧，自号上彊村民。刘子庚先生《词史》特举其《天门谣词》。词曰：“交径新阴小，试吟袖剩寒犹峭，人意好，为当楼残照。奈芳事轻随春去早，满路香尘酥雨少，随处到，恨罗袜不如芳草。”

又王氏下文举其《浣溪沙》二阕，《注》全录其词，可参。

⑦王鹏运字幼霞，一字佑遐，中年自号半塘老人。其肆力于词，在朱彊村先，而境诣转逊。惟朱彊村为《半塘定稿》作序，则盛称之云："君词导源碧山，复历稼轩、梦窗，以还清真之浑化；与周止庵氏，契若针芥。"

⑧按王半塘尝与朱彊村约校《梦窗四稿》，其蕲向可知。

⑨按高华谓其响高。疏越谓其余韵。兼济之者，则有激朗之音，复饶倡叹之情也。检王安石《临川先生文集》卷三十七《歌曲》《桂枝香》云："登高送目，正故国晚秋，天气初肃。千里澄江似练，翠峰如簇。归帆去棹残阳里，背西风酒旗斜矗。彩舟云淡，星河鹭起，画图难足。　念往昔繁华竞逐，叹门外楼头，悲恨相续。千古凭高，对此谩嗟荣辱。六朝旧事随流水，但寒烟芳草凝绿。至今商女，时时犹歌《后庭》遗曲。"此词彊村选入《宋词三百首》中。欧阳修词如《踏莎行》《蝶恋花》等阕，均载入上卷《注》中。彊村《宋词三百首》，于此诸阕，亦并入录。姜夔词如《点绛唇》《踏莎行》《念奴娇》《暗香》《疏影》《翠楼吟》等阕，彊村既并选取，上卷《注》中，亦均载之。

花鸟重彩条屏（局部）

十八

宋尚木《蝶恋花》："新样罗衣浑弃却，犹寻旧日春衫着！"[①]谭复堂《蝶恋花》："连理枝头侬与汝，千花百草从渠许。"[②]可谓寄兴深微。

许文雨讲疏：

①按明末宋徵璧原名存楠，字尚木，松江华亭人。又有宋徵舆，亦松江华亭人，字直方，一字辕文，顺治进士，官至副都御史，为诸生时，与陈子龙、李雯倡几社。谭献《箧中词》今集卷一，兼收二宋之词。惟此阕《蝶恋花》词，乃徵舆之作，王氏误作徵璧，应订正。全词云："宝枕轻风秋梦薄，红敛双蛾，颠倒垂金雀。新样罗衣浑弃却，犹寻旧日春衫著！　偏是断肠花不落。人苦伤心，镜里颜非昨。曾误当初青女约，只今霜夜思量着。"谭献评云："悱恻忠厚！"

②按谭献《箧中词》附刻己作《复堂词·蝶恋花》第四首全词云："帐里迷离香似雾，不烬炉灰，酒醒闻余语。连理枝头侬与汝，千花百草从渠许。　莲子青青心独苦，一唱将离，日日风兼雨。豆蔻香残杨柳暮，当时人面无寻处！"

十九

《半塘丁稿》中，和冯正中《鹊踏枝》十阕，乃鹜翁词之最精者。“望远愁多休纵目”等阕，郁伊惝怳，令人不能为怀，定稿只存六阕[①]，殊未为允也。

许文雨讲疏：

①王鹏运《鹊踏枝·序》云：“冯中正《鹊踏枝》十四阕，郁伊惝怳，义兼比兴，蒙嗜诵焉。春日端居，依次层和，忆云生（项鸿祚）云：‘不为无益之事，何以遣有涯之生？’三复前言，我怀如揭矣！”定稿所存六阕词如下：

之一

落蕊残阳红片片，懊恨比邻，尽日流莺转。似雪杨花吹又散，东风无力将春限。　慵把香罗裁便面，换到轻衫，欢意垂垂浅。襟上泪痕犹隐见，笛声催按《梁州遍》。

之二

斜日危阑凝伫久，问讯花枝，可是年时旧？侬睡朝朝如中酒，谁怜梦里人消瘦。　香阁帘栊烟阁柳，片霎氤氲，不信寻常有。休遣歌筵回舞袖，好怀珍重春三后。

之三

风荡春云罗样薄，难得轻阴，芳事休闲却。几日啼鹃花又落，绿笺莫忘深深约。　　老去吟情浑寂寞，细雨檐花，空忆灯前酌。隔院玉箫声乍作，眼前何物供哀乐。

之四

漫说目成心便许，无据杨花，风里频来去。怅望朱楼难寄语，伤春谁念司勋误。　　枉把游丝牵弱缕，几片闲云，断却相思路。锦帐珠帘歌舞处，旧欢新恨思量否？

之五

谁遣春韶随水去？醉倒芳尊，忘却朝和暮。换尽大堤芳草路，倡条都是相思树。　　蜡烛有心灯解语，泪尽唇焦，此恨消沈否？坐对东风怜弱絮，萍飘后日知何处！

之六

几见花飞能上树？难系流光，枉费垂杨缕。筝雁斜飞排锦柱，只伊不解将春去。　　漫诩心情黏地絮，容易飘飏，那不惊风雨。倚遍阑干谁与语？思量有恨无人处。

双喜图（局部）

二十

固哉皋文之为词也，飞卿《菩萨蛮》，永叔《蝶恋花》，子瞻《卜算子》，皆兴到之作，有何命意，皆被皋文深文罗织①。阮亭《花草蒙拾》谓坡公命宫磨蝎，生前为王珪舒亶辈所苦，身后又硬受此差排②。由今观之：受差排者，独一坡公已耶。

许文雨讲疏：

①张皋文惠言《词选》卷一，载飞卿《菩萨蛮》十四首，其第一首云："小山重叠金明灭，鬓云欲度香腮雪。懒起画娥眉，弄妆梳洗迟！　照花前后镜，花面交相映。新帖绣罗襦，双双金鹧鸪。"皋文云："此感士不遇也。篇法仿佛《长门赋》。'照花'四句，《离骚》'初服'之意。"（按《离骚》云："进不入以离尤兮，退将复修吾初服。"）欧阳永叔《蝶恋花》词，见卷上。皋文云："庭院深深，闺中既以邃远也。楼高不见，哲王又不寤也（按以上以永叔词与《离骚》各句相比附）。章台游冶，小人之径。雨横风狂，政令暴急也。乱红飞去，斥逐者非一人而已。殆为韩（琦）范（仲淹）作乎。"苏子瞻《卜算子》云："缺月挂疏桐，漏断人初静。谁见幽人独往来，缥缈孤鸿影。　惊起却

回头，有恨无人省。拣尽寒枝不肯栖，寂寞沙洲冷。”皋文云：“此东坡在黄州作。鲖阳居士云：‘缺月，刺明微也。漏断，暗时也。幽人，不得志也。独往来，无助也。惊鸿，贤人不安也。回头，爱君不忘也。无人省，君不察也。拣尽寒枝不肯栖，不偷安于高位也。寂寞沙洲冷，非所安也。此词与《考槃》诗极相似。’”以上皆皋文踵《小序》解《诗》王叔师注《楚辞》之谊而以说词者，附会穿凿，莫此为甚。

②王士祯《花草蒙拾》斥①条所载鲖阳居士之说，谓：“村夫子强作解事，令人欲呕！仆尝戏谓坡公命宫磨蝎，湖州诗案，生前为王珪舒亶辈所苦，身后又硬受此差排耶。”

二十一

贺黄公[①]谓："姜论史词，不称其'软语商量'，而称其'柳昏花暝'[②]，固知不免项羽学兵法之恨。"然柳昏花暝，自是欧、秦辈句法，前后有画工化工之殊。吾从白石，不能附和黄公矣。

许文雨讲疏：

①贺黄公裳，有《皱水轩词筌》载此说。

②史达祖（字邦卿，号梅溪）《双双燕·咏燕》云："过春社了，度帘幕中间，去年尘冷。差池欲往，试入旧巢相并。还相雕梁藻井，又软语商量不定。飘然快拂花梢，翠尾分开红影。　芳径，芹泥雨润。爱贴地争飞，竞夸轻俊。红楼归晚，看足柳昏花暝，应自栖香正稳，便忘了天涯芳信。愁损翠黛双蛾，日日画栏独凭。"

二十二

“池塘春草谢家春[①]，万古千秋五字新！传语闭门陈正字[②]，可怜无补费精神！”此遗山《论诗绝句》也[③]。梦窗玉田辈，当不乐闻此语。

许文雨讲疏：

①谢灵运《登池上楼》诗，有“池塘生春草”之句。

②陈正字即陈师道无已。当时有“闭门觅句陈无已”之诮。

③元好问遗山《论诗》三十余首，此其一也。

五童纸鸢图（局部）

二十三

朱子《清邃阁论诗》，谓：“古人有句，今人诗更无句，只是一直说将去，这般一日作百首也得！”余谓北宋之词有句，南宋以后便无句。如玉田草窗之词，所谓“一日作百首也得”者也。

朱子谓梅圣俞诗，不是平淡，乃是枯槁。余谓草窗玉田之词亦然。

“自怜诗酒瘦，难应接，许多春色。”①“能几番游，看花又是明年。”②此等语亦算警句耶，乃值如许笔力。

许文雨讲疏：

①史达祖《喜迁莺·元夕》云：“月波疑滴，望玉壶天近，了无尘隔。翠眼圈花，冰丝织练，黄道宝光相直。自怜诗酒瘦，难应接，许多春色。最无赖，是随香趁烛，曾伴狂客。　踪迹，漫记忆，老了杜郎，忍听东风笛。柳院灯疏，梅厅雪在，谁与细倾春碧。旧情拘未定，犹自学，当年游历。怕万一，误玉人夜寒帘隙。”

②友人夏瞿禅云：“见张炎《高阳台·西湖春感》词。”词云：“接叶巢莺，平波卷絮，断桥斜日归船。能几番游，看花又是明年。东风且伴

蔷薇住，到蔷薇、春已堪怜。更凄然，万绿西泠，一抹荒烟。　　当年燕子知何处，但苔深韦曲，草暗斜川。见说新愁，如今也到鸥边。无心再续笙歌梦，掩重门、浅醉闲眠。莫开帘，怕见飞花，怕听啼鹃。”

芙蓉蟹（局部）

二十四

文文山词[①]，风骨甚高，亦有境界。远在圣与、叔夏、公谨[②]诸公之上。亦如明初诚意伯词[③]，非季迪、孟载[④]诸人所敢望也。

许文雨讲疏：

①《艺概》云："文文山词，有风雨如晦鸡鸣不已之意，不知者以为变声，其实乃变之正也。故词当合其人之境地观之。"

②王沂孙，字圣与。张玉田，字叔夏。周密，字公谨。

③《莲子居词话》卷三，载《摸鱼儿·金陵秋夜》云："正凄凉、月明孤馆，那堪征雁嘹唳。不知衰鬓能多少，还共柳丝同脆。朱户闭，有瑟瑟萧萧，落叶鸣沙砌。断魂不系，又何必殷勤，啼蛩络纬，相伴夜迢递。　　樵渔事，天也和人较计，虚名枉误身世。流年滚滚长江逝，回首碧云无际。空引睇，但满眼芙蓉黄菊伤心丽。风吹露洗，寂寞旧南朝，凭阑怀古，零泪在衣袂。"

④高启，字季迪。杨基，字孟载。

二十五

和凝《长命女》词："天欲晓，宫漏穿花声缭绕，窗里星光少。冷霞寒侵帐额，残月光沈树杪。梦里锦帷空悄悄，强起愁眉小。"[①]此词前半，不减夏英公《喜迁莺》也[②]。

许文雨讲疏：

①检王国维辑本晋和凝《红叶稿》，载此词，题作"薄命女"，"长"字误。

②夏竦《喜迁莺》词已见卷上。

葫芦牵牛花图（局部）

二十六

宋李希声《诗话》曰："唐人作诗，正以风调高古为主。虽意远语疏，皆为佳作。后人有切近的当气格不凡下者，终使人可憎。"余谓北宋词亦不妨疏远，若梅溪以降，正所谓切近的当，气格凡下者也①。

许文雨讲疏：

①按王氏以为北宋词运语疏远，而意境高超。南宋以降，构词虽精，而未脱凡俗。此论当有所见。至贬薄梅溪，则亦随评论家主观之见，难以强同。陈廷焯《白雨斋词话》卷二，尝举梅溪词云："如'碧袖一声歌，石城怨，西风随去。沧波荡晚，菰蒲弄秋，还重到，断魂处。'沈郁之至。'又三年梦冷，孤吟意短，屡烟钟津鼓。屐齿厌登临，移镫后，几番凉雨。'亦居然美成复生。"又《临江仙》结句云："'枉教装得旧时多。向来箫鼓地，曾见柳婆娑。'慷慨生哀，极悲极郁。"盖求梅溪之佳制，而推崇颇至。惟张镃以为梅溪过柳耆卿而并周邦彦贺铸，则廷焯亦认为太过，故评骘南宋词人次第云："以白石、碧山为冠，梅溪次之，梦窗、玉田又次之，西麓又次之，草窗又次之，竹屋又次之，竹山虽不论可也。"

松鹰图（局部）

二十七

自竹垞痛贬《草堂诗余》，而推《绝妙好词》[1]，后人群附和之，不知《草堂》虽有亵诨之作[2]，然佳词恒得十之六七[3]。《绝妙好词》则除张、范、辛、刘[4]诸家外，十之八九皆极无聊赖之词。古人云："小好小惭，大好大惭。"[5]洵非虚语。

许文雨讲疏：

①朱彝尊《曝书亭文集》云："词人之作，自《草堂诗余》盛行，屏去《激楚》《阳阿》，而巴人之唱齐进矣。周公谨《绝妙好词》选本，中多俊语，方诸《草堂》所录，雅俗殊分。"《白雨斋词话》卷八云："《花间》《草堂》《尊前》诸选，背谬不可言矣，所宝在此，词欲不衰，得乎。"《四库提要》云："周密所编南宋歌词，始于张孝祥，终于仇远，凡一百三十二家，去取谨严，犹在曾慥《乐府雅词》、黄昇《花庵词选》之上。又宋人词集，今多不传，并作者姓名，亦不尽见于世，零玑碎玉，皆赖此以存。于词选中最为善本。"按朱氏、纪氏均不及《绝妙好词》著书之背景，宋翔凤《乐府余论》云："南宋词人系情旧京，凡言归路、言家山、言故国，皆恨中原隔绝。此周公谨氏《绝妙好词》所由选

也。公谨生宋之末造，见韩侂胄函首，知恢复非易言，故所选以张于湖为首。以于湖不附和议，而早知恢复之难，不似辛稼轩辈率意轻言，后复自悔也。”由是言之：《绝妙好词》所选，实函有真挚之民族意识。非同《草堂》一集，徒为征歌而设也。

②《四库提要》云：“《草堂诗余》，乃南宋坊贾所编。”（见《竹斋诗余提要》）宋翔凤《乐府余论》云：“《草堂》一集，盖以征歌而设。故别题春景夏景等名，使随时即景，歌以娱客。题吉席庆寿，更是此意。其中词语，间与集本不同。其不同者恒半俗，亦以便歌。以文人观之，适当一笑；而当时歌伎，则必须此也。”

③《四库提要》云：“朱彝尊作《词综》，称《草堂》选词，可谓无目。其诟之甚至。今观所录，虽未免杂而不纯，不及《花间》诸集之精善，然利钝互陈，瑕瑜不掩，名章俊句，亦错出其间，一概诋排，亦未为公论。”

④张孝祥、范成大、辛弃疾、刘过。

⑤韩愈《与冯宿论文书》：“时时应事作俗下文字，下笔令人惭！及示人则以为好。小惭者亦蒙谓之小好，大惭者即必以为大好矣。”

玉米蚱蜢（局部）

二十八

梅溪、梦窗、玉田①、草窗②、西麓③诸家，词虽不同，然同失之肤浅，虽时代使然，亦其才分有限也。近人弃周鼎而宝康瓠，实难索解。

许文雨讲疏：

①周济《宋四家词选目录序论》云："玉田才本不高，专恃磨砻雕琢。装头作脚，处处妥当。后人翕然宗之。"

②同上云："草窗镂冰刻楮，精妙绝伦。但立意不高，取韵不远。当与玉田抗行，未可方驾王吴也。"

③《白雨斋词话》卷二云："陈西麓词，在中仙、梦窗之间，沈郁不及碧山，而时有清超处。超逸不及梦窗，而婉雅犹过之。"

花好酒好（局部）

二十九

余友沈昕伯纮自巴黎寄余《蝶恋花》一阕云："帘外东风随燕到，春色东来，循我来时道。一霎围场生绿草，归迟却怨春来早。　　锦绣一城春水绕，庭院笙歌，行乐多年少。著意来开孤客抱，不如名字闲花鸟。"此词当在晏氏父子间[①]，南宋人不能道也。

许文雨讲疏：

①周济《宋四家词选目录序论》云："晏氏父子，仍步温韦，小晏精力尤胜。"

灵芝、草和天牛（局部）

三十

“君王枉把平陈业，换得雷塘数亩田。”[①]政治家之言也[②]。“长陵亦是闲邱陇，异日谁知与仲多！”[③]诗人之言也[④]。政治家之眼，域于一人一事；诗人之眼，则通古今而观之。词人观物，须用诗人之眼，不可用政治家之眼，故感事怀古等作，当与寿词同为词家所禁也。

许文雨讲疏：

①检罗隐《炀帝陵诗》，原作“君王忍把平陈业，只换（一作博）雷塘数亩田！”王氏所引，误记一二字，应勘正。魏征《隋书·炀帝纪》云：“化及葬炀帝吴公台下，大唐平江南之后，改葬雷塘。”

②诗盖悼炀帝平陈大业，不能久保，仅留区区葬身之所。此意自专吊炀帝一人之得失，不得移之于古今任何人也。

③唐彦谦《仲山诗》，有长陵二句。《汉书·高帝纪》云：“上奉玉卮为太上皇寿，曰：‘始大人常以臣无赖，不能治产业，不如仲力。今某之业所就，孰与仲多？’”

④诗意谓由殁后论之，则汉高亦何殊于其弟，同荒没于邱陇而已。凭吊一人，而古今无数人，无不可同此感慨，此之谓诗人造情之伟大。

葡萄藤萝（局部）

三十一

宋人小说，多不足信。如《雪舟脞语》[1]，谓：台州知府唐仲友眷官伎严蕊奴，朱晦庵系治之。及晦庵移去，提刑岳霖行部，至台，蕊乞自便，岳问曰：去将安归？蕊赋《卜算子》词云，“住也如何住”云云，案此词系仲友戚高宣教作，使蕊歌以侑觞者。见朱子纠唐仲友奏牍[2]。则《齐东野语》所纪朱唐公案[3]，恐亦未可信也。

许文雨讲疏：

①《说郛》卷五十七，宋末邵桂子《雪舟脞语》云：“唐悦斋仲友，字与政，知台州，朱晦庵为浙东提举，数不相得，至于互申。寿皇问宰执二人曲直，对曰：秀才争闲气耳。悦斋眷官妓严蕊奴，晦庵捕送囹圄，提刑岳商卿霖行部疏决，蕊奴乞自便，宪使问去将安归？蕊奴赋《卜算子》末云：‘住也如何住，去也终须去，但得山花插满头，莫问奴归处？’宪笑而释之。”

②涂刻《朱子大全》卷十八，《按唐仲友第三状》云：“仲友自到任以来，宠爱弟妓。严蕊稍以色称，仲友与之媟狎，虽在公庭，全无顾忌，公然与之落籍，令表弟高宣教以公库轿乘钱物津发归婺州。”又卷十九

《按唐仲友第四状》云："五月十六日筵会，仲友亲戚高宣教撰曲一首，名《卜算子》，后一段云：'去又如何去，住又如何住，但得山花插满头，休问奴归处。'"

③周密《齐东野语》卷十七"朱唐交奏本末"条云："朱晦庵按唐仲友事，或云吕伯恭尝与仲友同书会，有隙，朱主吕，故抑唐。是不然也。盖唐平时恃才轻晦庵，而陈同甫颇为朱所进，与唐每不相下，同甫游台，尝狎籍妓，嘱唐为脱籍，许之。偶郡集，唐语妓云：汝果欲从陈官人耶？妓谢。唐云：汝须能忍饥受冻，乃可。妓闻大恚，自是陈至妓家，无复前之奉承矣。陈知为唐所卖，亟往见朱，朱问近日小唐云何？答曰：唐谓公尚不识字，如何作监司。朱衔之，遂以部内有冤狱，乞再巡按。既至台，适唐出迎少稽，朱益以陈言为信，立索郡印，付以次官，乃摭唐罪具奏，而唐亦作奏驰上。时唐乡相王淮当轴，既进呈，上问王，王奏：此秀才争闲气耳。遂两平其事。详见周平园、王季海日记，而朱门诸贤所著《年谱·道统录》乃以季海右唐而并斥之，非公论也。其说闻之陈伯玉式卿，盖亲得之婺之诸吕云。"

花鸟重彩条屏（局部）

三十二

《沧浪》《凤兮》二歌，已开《楚辞》体格[①]。然《楚辞》之最工者，推屈原宋玉，而后此之王褒、刘向之词不与焉[②]。五古之最工者，实推阮嗣宗、左太冲、郭景纯、陶渊明，而前此曹、刘，后此陈子昂、李太白不与焉[③]，词之最工者，实推后主、正中、永叔、少游、美成，而后此南宋诸公不与焉。

许文雨讲疏：

①《孟子》载《沧浪之歌》曰："沧浪之水清兮，可以濯我缨；沧浪之水浊兮，可以濯我足。"《论语》载楚狂接舆之歌曰："凤兮凤兮，何德之衰！"二歌皆有兮字，用南方稽留语也。

②王逸本《楚辞》，收王褒《九怀》，刘向《九叹》，大抵皆摹拟原、玉《九章》《九辨》之作。

③王氏之意，盖以曹植、刘桢之五古，尚系初创之制；阮、陶、左、郭，各放奇彩，为五古诗之最烂盛者；陈、李之于五古，亦犹向、褒之于《楚辞》，皆不足与原制争先。

三十三

唐五代之词，有句而无篇；南宋名家之词，有篇而无句。有篇有句，唯李后主降宋后之作[①]及永叔、子瞻、少游、美成、稼轩数人而已[②]。

许文雨讲疏：

①如《虞美人》《望江南》《浪淘沙令》等首皆是。

②《词源》卷下句法条，举东坡《杨花词》云："似花还似非花，也无人惜从教坠。"又云："春色三分，二分尘土，一分流水。"又举美成《风流子》云："凤阁绣帏深几许，听得理丝簧。"以为皆平易中有句法。惟不及欧、秦、稼轩。

三鱼图（局部）

三十四

读《会真记》者，恶张生之薄幸，而恕其奸非；读《水浒传》者，恕宋江之横暴，而责其深险；此人人之所同也。故艳词可作，唯万不可作儇薄语。龚定庵诗云："偶赋《凌云》偶倦飞，偶然闲慕遂初衣。偶逢锦瑟佳人问，便说寻春为汝归。"其人之凉薄无行，跃然纸墨间。余辈读耆卿、伯可词，亦有此感[①]。视永叔、希文小词何如耶？

词人之忠实[②]，不独对人事宜然，即对一草一木，亦须有忠实之意。否则所谓游词[③]也。

许文雨讲疏：

①《词源》卷下云："词欲雅而正，志之所之，一为情所役，则失其雅正之音。耆卿、伯可（康与之）不必论，虽美成亦有所不免。"

②《白雨斋词话》卷八云："无论诗古文词，推到极处，总以一诚为主。杜诗韩文，所以大过人者在此。求之于词，其惟碧山乎。明乎此则无聊之酬应，与无病之呻吟，皆可不作矣。"

③金应珪《词选后序》云："规模物类，依托歌舞，哀乐不衷其性，虑叹无与乎情。连章累篇，义不出乎花鸟；感物指事，理不外乎酬应。虽既雅而不艳，斯有句而无章。是谓游词。"

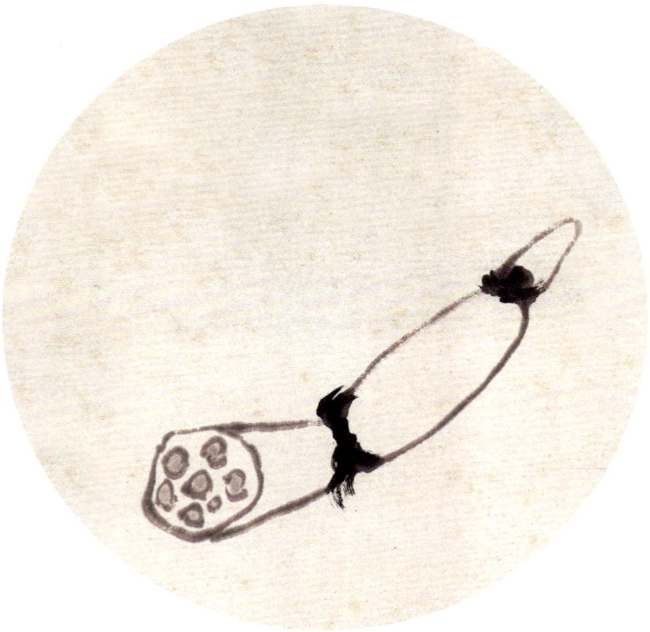

藕（局部）

三十五

读《花间》《尊前集》，令人回想徐陵《玉台新咏》①；读《草堂诗余》令人回想韦縠《才调集》②；读朱竹垞《词综》，张皋文、董子远《词选》，令人回想沈德潜《三朝诗别裁集》③。

许文雨讲疏：

①《花间集》十卷，后蜀赵崇祚编。《尊前集》二卷（朱祖谋校辑本《尊前集》不分卷），不著编辑者名氏。纪昀谓：就词论词，《尊前》不失为《花间》之骖乘。盖二书实相类也。王士祯《花草蒙拾》云："《花间》字法最著意设色，异纹细艳，非后人纂组所及。如'泪沾红袖黦''犹结同心苣''豆蔻花间挫晚日''画梁尘黦''洞庭波浪飐晴天'，山谷所谓古蕃锦者，其殆是耶。"又云："或问《花间》之妙？曰：'蹙金结绣而无痕迹。'"按《花间》首登温庭筠，以为鼻祖。《尊前》则取唐明皇《好时光》，以冠其编。二书所录，并多绮罗脂粉之词，亦犹徐陵《玉台新咏》之于诗也。《四库提要》引刘肃《大唐新语》云："梁简文为太子，好作艳诗，境内化之，晚年欲改作，追之不及，乃令徐陵为《玉台集》，以大其体。"此即后人所谓"玉台体"，以目淫艳之词

者也。

②《类编草堂诗余》四卷，旧传南宋人编。其书取流俗易解，实为歌伎而设，已见前引宋翔凤之论矣。王士祯《花草蒙拾》云："或问《草堂》之妙，曰：'采采流水，蓬蓬远春。'"是则阮亭以纤秾目《草堂》一书也。蜀韦縠编《才调集》十卷，纪昀谓其所选取法晚唐，以秾丽宏敞为宗。合阮亭、晓岚二家之说观之，则词有《草堂》，亦同诗有《才调》矣。

③朱彝尊编《词综》三十四卷，汪森为之增定。彝尊谓论词必出于雅正；故推重宋曾慥之《乐府雅词》，以《雅词》尽去谐谑及当时艳曲，具有风旨，非靡靡之音可比，为足尚也。张皋文《词选》及其外孙董毅子远《续词选》均以《风》《骚》之义，裁量诗余。即《词选》后郑善长所附录诸家词，陈廷焯亦称其大旨皆不悖于《风》《骚》。(《白雨斋词话》卷六)是均存雅正之旨者。沈德潜崇奉温柔敦厚之诗教，别裁伪体，故有唐明清《三朝诗别裁集》之选，与朱张选词，如出一辙。

竹笋蚂蚁（局部）

三十六

明季国初诸老之论词，大似袁简斋之论诗，其失也纤小而轻薄[①]。竹垞以降之论词者大似沈归愚，其失也枯槁而庸陋[②]。

许文雨讲疏：

①如邹祗谟《远志斋词衷》取柴绍炳“华亭肠断，宋玉魂消”之语，以为论词神到，贺裳《皱水轩词筌》称誉廖莹中《个侬词》，皆略近袁枚《随园诗话》所论。

②按继朱彝尊竹垞《词综》而起者，如御选《历代诗余》、张惠言《词选》等，均本尚雅黜浮之旨，以张声教。与沈德潜归愚之各朝诗《别裁集》旨意相近。

花鸟重彩条屏（局部）

三十七

东坡之旷在神[①]，白石之旷在貌[②]，白石如王衍口不言阿堵物，而暗中为营三窟之计，此其所以可鄙也。

许文雨讲疏：

①俞彦《爰园词话》云："子瞻词，无一语着人间烟火，此自大罗天上一种，不必与少游、易安辈较量体裁也。"

②周济《论词杂著》云："白石放旷，故情浅。"

荔枝鸽子图（局部）

三十八

赵万里录自《蕙风琴趣》评语

蕙风词小令似叔原[①]，长调亦在清真、梅溪间，而沈痛过之[②]。彊村虽富丽精工，犹逊其真挚也。天以百凶成就一词人，果何为哉[③]。

许文雨讲疏：

①晏几道叔原有《小山词》，其词曲折深婉，浅处皆深。举其《临江仙》云："梦后楼台高锁，酒醒帘幕低垂。去年春恨却来时，落花人独立，微雨燕双飞。　记得小蘋初见，两重心字罗衣。琵琶弦上说相思，当时明月在，曾照彩云归。"况周颐夔笙（晚号蕙风词隐）亦有《临江仙》词云："杨柳楼台花世界，嘶骢只在铜街。金茎兰畹惜荒莱。无多双鬓绿，禁得几徘徊？　暖不成晴寒又雨，昏昏过却黄梅。愁边万一损风怀。雁筝犹有字，蜡炬未成灰。"叔原《浣溪沙》云："日日双眉斗画长，行云飞絮共轻狂，不将心嫁冶游郎。　溅酒滴残歌扇字，弄花薰得舞衣香，一春弹泪说凄凉！"蕙风亦有《浣溪沙·绿叶成阴，苦忆阊门杨柳》云："翠袖单寒亦自伤，何曾花里并鸳鸯？只拚陌路属萧郎。　黄绢竟成碑上字，红绵谁见被中装？可曾将恨付斜阳？"似皆略足相拟。

②赵尊岳《蕙风词史》云："先生初为词，以颖悟好为侧艳语，遂把臂南宋竹山、梅溪之林。自佑遐进以重大之说，乃渐就为白石，为美成，以抵于大成。"其长调沈痛过于周邦彦清真、史达祖梅溪者，例如《南浦·春草》云："南浦黯销魂，共春波，误入江郎《愁赋》。金谷悄和烟，王孙去，犹自萋萋无数。愁苗艳种，夕阳消尽成今古。依样东风依样绿，人老翠云深处。　凭阑无限芳菲，待轻阴薄暝。殷勤乞与，生意重低回。长亭路，争忍玉骢轻去。春心似海，算来谁识红心苦？何况深深深径曲，犹有抱香蘅杜。"谭献评之曰："字字《离骚》屈宋心！"周、史皆各有《南浦词》，均无沈痛语。周词云："浅带一帆风，向晚来，扁舟隐下南浦。迢递阻潇湘，衡皋迥，斜舣蕙兰汀渚，危樯影里，断云点点遥天暮！菡萏里，风偷送，清香时时微度。吾家旧有簪缨，甚顿作天涯，经岁羁旅。羌管怎知情，烟波上，黄昏万斛愁绪。无言对月，皓彩千里人何处？恨无凤翼，身只待而今，飞将归去。"史词云："玉树晓飞香，待倩他，和愁点破妆镜。轻嫩一天春，平白地，都护雨昏烟暝。幽花露湿，定应独把阑干凭！谢屐未蜡，安排共文鸳，重游芳径。　年来梦雨扬州，怕事随歌残，情趁云冷。娇盼隔东风，无人会，莺燕暗中心性！深盟纵约，尽同晴雨全无定。海棠梦在，相思过西园，秋千红影。"

③彊村富丽精工之篇，如《丹凤吟·和半塘四月二十七日雨霁之作依清真韵》云："断送园林如绣，雨湿朱旛，尘飘芳阁。黄昏独立，依旧好春帘幕。分明俊侣，霎时乖阻，镜凤盟寒，衫鸾妆薄。漫托青禽寄语，细认银钩，珠泪潜透笺角。　此后别肠寸寸，去魂总怯波浪恶。夜暝天寒处，拚铅红都洗，眉翠潜铄。旧情未诉，已是一江潮落。红烛玉钗思已断，悔圆纨重握。影娥梦里，知时念时著。"或曰："此为翁同龢罢相

作。”况氏清末以文学显，及入民国，客居海上，至贫无以举炊，卖书遣日，《浣溪沙·无米》云：“逃墨翻教突不黔，瓶罍何暇耻奁盐，半生辛苦一时甜！　　传苦枯萤共宁耐，无怜饥鼠误窥觇，顽夫自笑为谁怜！”《秋宵吟·卖书》云：“似怨别侯门，玉容深锁，字里珠尘，待幻作山头饭颗。”（节录）盖况氏本胜朝遗老，晚遇侘傺，天挺骚才，逢此百凶，哀已！

花与蝴蝶（局部）

三十九

赵万里录自《蕙风琴趣》评语

蕙风《洞仙歌·秋日游某氏园》①及《苏武慢·寒夜闻角》②二阕，境似清真，集中他作，不能过之。

许文雨讲疏：

①况氏《洞仙歌·秋日独游某氏园》云："一晌闲缘借，便意行散缓，消愁聊且。有花迎径曲，鸟呼林罅，秋光取次披图画。恣远眺，登临台与榭。堪潇洒，奈盼断征鸿，幽恨翻萦惹。　　忍把，鬓丝影里，袖泪寒边，露草烟芜，付与杜牧狂吟，误作少年游冶。残蝉肯共伤心话，问几见，斜阳衰柳挂。谁慰藉，到重阳，插菊携萸事真假。酒更贳，更有约东篱下。怕蹉跎霜讯，梦沈人悄西风乍。"

②况氏《苏武慢·寒夜闻角》云："愁入云遥，寒禁霜重，红烛泪深人倦。情高转抑，思往难回，凄咽不成清变。风际断时，迢递天街，但闻更点。　　枉教人回首，少年丝竹，玉容歌管。凭作出，百绪凄凉，凄凉惟有，花冷月闲庭院。珠帘绣幕，可有人听，听也可曾肠断。除却塞鸿，遮莫城乌，替人惊惯。料南枝明月，应减红香一半。"（《词莂》）

四十

赵万里录自《丙寅日记》所记先生论学语

彊村词，余最赏其《浣溪沙》“独鸟冲波去意闲”二阕[1]，笔力峭拔，非他词可能过之。

许文雨讲疏：

①《彊村语业》卷一《浣溪沙》云：“独鸟冲波去意闲，坏霞如赭水如笺。为谁无尽写江天！　　并舫风弦弹月上，当窗山髻挽云还；独经行处未荒寒！”又云：“翠阜红厓夹岸迎，阻风滋味暂时生，水窗宫烛泪纵横。　　禅悦新耽如有会，酒悲突起总无名，长川孤月向谁明？”

荷花鸳鸯（局部）

四十一

赵万里录自《丙寅日记》所记先生论学语

蕙风听歌诸作，自以《满路花》为最佳①。至《题香南雅集图》诸词，殊觉泛泛，无一言道著。

许文雨讲疏：

①况氏《满路花》（吕圣求体）序云："彊村有听歌之约，词以坚之。"词云："虫边安枕簟，雁外梦山河。不成双泪落，为闻歌。浮生何益，尽意付消磨。见说寰中秀，漫睩修蛾，旧家风度无过。　　凤城丝管，回首惜铜驼。看花余老眼重摩挲，香尘人海，唱彻定风波。点鬓霜如雨，未比愁多，问天还问嫦娥。"（梅郎兰芳以《嫦娥奔月》一剧，蜚声日下。）

踏雪寻梅图（局部）

附录

王国维先生生平及其学说

吴其昌

国维先生，字静安，中国近代学术界之权威；毕生从事学术研究，供献殊多，故为词人、文学史家及文艺批评家，并最先作中国古史之研究。且奠定其基础，誉满国际史坛。讵料于民国十六年投颐和园昆明池溺死，一代宗师，遽嗟长眠！其昌先生曩昔从先生学于清华园，复有乡谊，故知先生最详，今掌武汉大学史学系，此文系吴先生在该校讲演笔记。（编者）

我作这次演讲，内心感慨万端。先生的去世，是在民国十六年，我离开先生算来已十多年了。深惧学殖容有荒疏，无以仰对先生生前的提携与教诲。回想音容，实不胜感伤。

刚才主席提到各位对先生的景慕，恨不及亲炙其声音笑貌。从外貌看来，中年以后的先生，肤色黧黑，颌上留两撇八字胡须，秃顶，脑后拖着一条小辫发，说话时露出长长的两个门牙，其余的牙齿脱掉很多，经常穿一件长袍，外面套上马褂。初次看到这位享大名的学人，是不免使人感到失望的。我没有入清华以前，在上海哈同花园第一次见到先生。过后有人问起我印象如何，我譬喻他如一古鼎。入清华后，受教于课堂，先生满口海宁土白，当年同学诸君中，能完全把先生的话听懂的，只有我一人。这因为我也是海宁人。

平时先生寡言笑，状似冷漠，极乏趣味，醇湛的襟度，现出他学人的本色，暗示着一生治学的冷静严肃和实事求是的精神。其实，早年的先生并不如此。在那些年岁中的文学创作和论文里，风华赡丽的吐属，曾留下了才人旧日的梦痕，然而时世的推移，影响及于先生，遂造成他此后畸形的发展，造成我所亲眼看到的先生的暮年。

先生是科学的古史研究的奠基者，生于清同治十三年（1874）。在先生幼年时，左宗棠戡平回乱，班师东旋，洪杨乱事既平，随着又拓地万里，西洋诸国，都以为中国从此或将走上复兴的道路，一时有中兴之目。不幸事实上国力却日趋衰弱，到先生二十一岁的那年，甲午一战，海军全遭覆没，屈辱求和，声威尽坠。先生的少年期，就在这黯淡的局面下度过，当我们回溯着他多缺陷的身世，很容易联想起东罗马帝国衰亡期的那些学者们的坎坷的命运。

先生的先世，虽有念过书的，但到先生的祖辈父辈，已经改营商业。先生的父亲是当铺里的朝奉先生。十八岁时，先生中了秀才，此后应试却总是失败。二十三岁时先生任上海时务报馆的书记。《时务报》是汪康年、汪穰年两先生办的鼓吹维新的报纸，当时由梁任公先生任主笔。所以梁先生和王先生早年晚年都曾共过事。但早年时代，梁先生是主笔，王先生是书记；梁先生当时已是维新运动中的健将，而王先生还度着他早年黯淡的生涯。因为地位的悬隔，所以彼此也难得接近，但到晚年，梁先生王先生又同任教职于清华研究院。梁先生尊王先生为首席导师，对之推崇备至。这固然是王先生的学问才华，足以使梁先生倾倒，而同时我们于此也可见梁先生的谦虚。

在《时务报》任职时代，王先生虽未为梁先生所知，却因一个特殊的机缘，而为罗振玉赏识了。罗振玉在光绪间也是一个维新志士，为“农学社”于上海，并发刊《农学报》，聘日人译农书，提倡以农立国，因此当时罗振玉与汪康年、梁任公诸先生也有往来。某日罗振玉往访汪、梁两先生不值，候于房门，随手拿了一把破扇子挥汗，却在上面发现了一首诗。末两句是：“千秋壮观君知否？黑海西头望大秦。”后面署着海宁王国维。这是咏班超遣甘英使罗马（当时我们称之为大秦）而未果的事的。大概那时会王先生很崇拜左宗棠，而自己也油然有功名之志，所以不期然的写出这样雄伟的诗句。这种佼然不凡的吐属，震动了罗振玉，因询问侍者王国维先生是何许人，侍者只知道他是报馆里的一个书记。罗振玉乃嘱托侍者请王先生回馆后到他私寓里去访他。先生访罗振玉后感其知遇之诚，乃辞去时务报馆的职务，转入农学社服务。这一次访问，是先生生命史上的一个大关键，这是先生受知于人之始，更决定了先生此后生活的趋向。罗振玉以为那时一个青年人，应该接受一点新思潮，所以劝先生学习英文。当时藤田丰八——后来的东西交通史南洋史的权威，初在帝大历史系毕业，正受罗之聘在农学社译书。先生乃从藤田学英文，此后先生终其生俱师事藤田。即在清华研究院任导师的时代，和藤田通信，还是以师弟相称。

先生与刘鹗相识，大概也在此时。刘鹗是甲骨的收藏家，对罗振玉和王先生之研究甲骨文，均有影响。所以在此地我们要提及刘鹗，同时更要说一说甲骨文发现的经过。

光绪廿四年“戊戌变法”，梁、康亡命海外，明年，安阳殷墟甲骨发现。后者在学术史上的意义与前者在政治史上的意义相等，都是中国近代史上的重要节目。其实安阳的甲骨早经发现，乡人无知，称它为龙骨，常用来治病。同时乡人有种传说，以为没有字的治病才有效，所以药铺得到有字的甲骨，往往把它磨平以便出售。当时京师有三种最时髦的学问：康有为提倡“公羊学”，替维新运动在中国古代的经典中找理论的根据；俄人对我国西北边疆的觊觎，和左宗棠拓边政策的成功，更引起中国人研究西北地理的兴趣；而埃及、巴比伦的地下史料的探究，也使中国人对于周金文的研究，在当时的京师蔚为风气。北京的古董商人本常到安阳搜罗古物，大骨董商范某发现甲骨上刻有线纹，疑其或具有相当价值，乃请教于名鉴赏家王懿荣（周金的收藏家，时任国子监祭酒）。王懿荣知道它具有学术上的价值，嘱古董商替他广为收罗，甲骨之被重视自此始。

又明年，八国联军入京师。王懿荣殉难。刘鹗当时正在京津间活动，王懿荣所收藏的甲骨完全为刘鹗所收买。后来有人告发刘鹗在庚子之乱时曾通款于外人，以粮米资敌。刘鹗因此充军新疆，他所收藏的甲骨至此几全归罗振玉。罗振玉拓印后，又把它转售于日本人。

然而当时先生正沉淫于叔本华尼采的哲学。国事的蜩螗和早年生活的阴黯，使先生很自然地成为叔本华的崇拜者，对人生世相的观察，充满了悲观的色彩。甲骨文尚未为他研究的对象。廿九岁，先生至张季直故里南通师范学校任教师，并常常写文投到《教育杂志》去发表，《红楼梦评论》即作于此时。同时，《宋元戏曲史》也开始在《东方杂志》连载。《国粹学报》在当时是一个鼓吹革命的刊物，但先生当时对革命并无兴趣，投刊于《国粹学报》的是先生另一种整理戏曲目录的撰述——《曲录》。次年（也就是我的生年），罗振玉任苏州师范学校校长，先生也随罗振玉到苏师任教。苏州山水秀丽，徘徊光景，创作益丰。由卅一岁到卅三岁，这三年，先生的《静安文集》《人间词话》《苕华词》《宋元戏曲史》陆续出版。在《人间词话》里先生提出境界之说，名言妙理，如一串串晶莹的智珠，这时先生似已自甘将自己封锁在艺术的象牙塔里，世事的风云似已不能在先生古潭似的心境里荡起涟漪。艺术与宗教可以使人摆脱生存欲的困扰，在宗教的世界里，人们可以远离尘世的悲欢扰攘，而达于涅槃的境界；在艺术的世界里，人们可以暂时忘却“生”给予他的痛苦，而得到片刻的安息。这是叔本华的宗教观与艺术观，也是先生当年所崇奉的说素。先生既沉淫于这样的世界，所以虽和刘鹗认识，而罗振玉更是先生最初的知己，但对甲骨文的研究，殊无意趣。光绪三十二年，英人斯坦因赴新疆考古，“敦煌学”因以大显于时，而先生对之，亦复冷漠。

宣统元年，先生三十六岁，在先生治学的生涯中，这一年有特殊的意义，因为先生治学的兴趣，在这一年完全转变了。这以前，先生是词人，是文学史家，是文艺批评家，是叔本华的崇拜者；这以后，先生却尽弃其所学，埋头在中国古史这一新处女地，从事拓荒奠基的工作，而以古史学家播誉于世界史坛。这一年，张之洞由两广总督调任学部尚书，罗振玉北上任学部参事，先生随行。那时张之洞创立京师图书馆，缪荃孙任馆长，先生由罗振玉介绍，入馆任编辑。次年，《国学丛刊》出版，先生起草宣言，倡言“学术无新旧之分，无中外之分，无有用无用之分”。所以不能以空间观念、时间观念、功利观念，来作学术的绳尺，这种为学术而学术的观念，当然极易导先生入于史学研究的途径。这时先生开始为罗整理《殷虚书契前编》，其中一部分曾分载于《国学丛刊》。宣统三年，辛亥革命起，清室退位，对这一划时代的历史事件，罗振玉却毫无理解，他仍衡之以旧日士大夫的传统观念，斥武昌起义为“盗起武昌”。清帝逊位后，罗振玉逃往日本，先生也随罗东渡。先生的辫发本早已剪去，且平居西装革履，俨然是一新少年，如今清社已覆，因罗振玉以遗老自居，先生摆脱不了他的影响，又重新蓄发留辫，服马褂长袍，俨然是一遗少了。

先生东渡后，乃完全沉潜于中国古史的探索。先从事金文拓片调查的工作，成《宋代金文著录表》一卷，《国朝金文著录表》六卷，这是企图将中国古史系统化科学化的基本准备工作。同时，并为《殷虚书契前编》作考释。民国元年，《殷虚书契前编》《殷虚书契菁华》在日本出版。那时日本的小林忠太郎刚在德国学玻璃版印刷，学成回国，看到《殷虚书契前编》刊载于《国学丛刊》的印得太糟，乃向罗兜揽这笔生意。所以这两部书印得极其精致。民国三年，《殷虚书契考释》也用罗振玉的名义出版，罗振玉并因此得到法国国家学院的博士学位。巴黎图书馆知道罗振玉是研究中国古史的学者，乃赠以斯坦因及伯希和在敦煌所得的《流沙坠蔺》影印本，所以《流沙坠蔺考释》也在同年刊行，第一卷、第三卷署先生名，第二卷署罗振玉名。这是先生以古史学者知名于国际学术界之始。

先生研究甲骨文，除与认识罗振玉、刘鹗有关外，哈同与先生的关系也应该在此提及。这位犹太籍的巨商，爱好古玩珍物，所以与珠宝商姬觉弥颇有往还。后来这两家关系更日益密切，情若通家。民国五年，张勋复辟失败，遗老猬集沪滨，姬觉弥虽是一个商人，但颇想附弄风雅，以文饰他的鄙陋，供养着一大批遗老。同时他又信佛，尝迎名山大庙僧众设坛讲经，并刊行《频伽精舍大藏经》八千余卷。这类事情揽腻了，他又捐资集汉学家宣讲小学，更创办“仓圣明智大学”及“广仓学窘”，聘邹景叔（安）及先生为教授。先生自辛亥渡日，转瞬已过了六个年头。客居异域，当然不免有对故国的怀想，所以欣然应聘归国。仓圣明智大学及广仓学窘的学生几同哈同家奴，本谈不上学术的研究，但先生却得利用这个环境，对古史作更深邃的探求。《殷虚书契后编》就是在这一年出版的。刘鹗所藏的龟片，十九虽已归罗，但他的家属还保有一部分。后来这一部分为哈同所收买。先生又将这一部分材料加以整理，于民国八年刊刻《戬寿堂所藏殷契文字》《戬寿堂所藏殷契文字考释》。前者用姬佛佗（即觉弥）的名义，后者则由先生自己署名。

自民国五年至民国十二年，先生四十三岁至五十岁，这八年是先生学术生涯中的黄金时代。哈同供给先生一个便于研究学术的环境（哈同私人藏书之富，在中国实无其匹。《四库全书》，哈同那里都有全抄本）。而先生自己也正年富力强，生活的安定，使先生不致为琐屑而劳心，因得致其全力于甲骨文金文古史的探讨。故先生在学术上的成就，以这一阶段最为辉煌。重要著作多刊行于此时，古史论文的结集——《观堂集林》的出版，结束了这一阶段的学术生涯。

到民国十二年，这时“五四”的狂潮已经过去。为着适应新形势下文化建设的要求，学术界喊出“整理国故”的口号，国内北京大学研究院成立后，以先生的古史研究，久已获国际声誉，拟聘往讲学，但因为北大在“五四”时，是新文化运动的大本营，革命空气一向浓厚，先生忠于清室，不愿应聘，仅仅答应了担任校外的特约通信导师。

不久，蛰居故宫称制自娱的溥仪，忽召先生入南书房行走。先生自省以诸生蒙特达之知，惊为殊恩旷典，急束装北上。这一幕悲喜剧，使先生再到北平，而终于在北平了结了自己的生命。

翌年，溥仪为冯玉祥驱逐出宫，出走天津，先生失职。同年，国立清华大学创办研究院。这以前，清华是留美生的预备学校，因此校中风气受西洋习惯感染特甚，不免有过当的地方，曾惹起社会上一班不满的批评，就是当日清华的学生中，也有不以本校的作风为然的。记得张荫麟君曾对我感慨地谈起："我们同学进城，别人都拿特别的眼光看待，仿佛谁额角上刻了'国文不通'四个大字似的。"这虽不过说笑，却也暴露了部分的真相，指出弊病的所在。适校方受当时新学术趋向的影响，决定停止留美部招生，创设大学部，并成立研究院，校风为之一变。

时梁任公先生在野，从事学术工作，执教于南开、东南两大学。清华研究院院务本是请梁任公先生主持的。梁先生虽应约前来，同时却深自谦抑，向校方推荐先生为首席导师，自愿退居先生之后。这儿发生了一次小小的波折：原来，梁先生因为曾赞襄段祺瑞马厂起义之役，素为遗老们所切齿，罗振玉嫉视他更甚。先生是遗老群中的一个，与罗私交又颇密切。这事既由梁先生推荐，罗因力阻实现。先生颇感进退为难。正当踌躇未决的时候，梁先生转托庄士敦（一个中国籍的英国人，溥仪的英文教师）代为在溥仪面前疏通，结果经溥仪赞同，当某次先生上天津去请"圣安"的时候，面谕讲学不比做官，大可不必推辞等语。于是先生乃"奉旨讲学"，应聘迁居清华园，罗振玉无话可说，只好搁在心里不乐意了。

先生应聘的第二年春间，研究所正式开学。这时的盛况是使人回忆的：除了先生和梁先生外，同任导师及讲师的有陈寅恪先生和赵元任先生及李济、马衡、梁漱溟、林宰平四先生。陈先生那时曾经写过一副开玩笑的对联给我们，文曰："南海圣人，再传弟子；大清皇帝，同学少年。"这是暗指梁、王二先生以嘲弄我们的。平常每一个礼拜在水木清华厅上，总有一次师生同乐的晚会举行。谈论完毕，余兴节目举行时，梁先生喜唱《桃花扇》中的《哀江南》，先生往往诵八股文助兴，如今，声音好像仍在耳边，而先生却已远了。

在研究院先生所开的课程，有（一）古史新证、（二）尚书研究和（三）古金文研究三种。不过讲授的虽还是古文字古史方面的东西，而先生自己的研究工作，则早在两年前（民国十二年）校《水经注》时，即更换了趋向，作为先生第三期学术工作的对象的是辽金史、蒙古史和西北地理。这几年陆续发表了许多有价值的著作。我现在撮述重要的书名和篇名如下：

一、蒙鞑备录校注，

二、黑鞑事略校注，

三、圣武亲征录校注，

四、长春真人西游记校注，

五、阻卜考，

六、黑车子室韦考，

七、金界壕考，

八、辽金时蒙古考，

九、鞑靼（鞑靼）考，鞑靼（鞑靼）年表，

十、南宋时（人）所传蒙古史料考，

十一、元秘史，主因亦儿坚考，

十二、蒙古札记。

清华园的山光水色，校方的优裕的供奉，给这位冷于世事、懒于应付的学人以安宁和休憩，似乎尽可以颐养他的余年了。谁知世事的剧变，使先生仍不能平静地活下去。新的事物带来太多的刺激，北伐军兴，大局震荡，北京城里满浮着谣言，暗示着军阀统治的挣扎，无力和行将崩溃的前途。叶德辉在湖南被杀后，谣传着一个新的消息，说是南兵见有辫子的人便杀；又传闻一旦北伐军北上将极不利于溥仪。先生既久已和外界隔绝，判断力减退，对大局趋向莫明，在盛炽的谣言世界里，既为一己的安全担忧，又恐溥仪万一将有不测，因此，面对着亟变的世局，先生有着极度的愤恨和憎厌，心境极为凄苦。当时，有同学曾婉转进言，请先生将辫发剪掉。其实呢，对于这，先生也并不怎样固执。他曾说过：“倘是出其不意地被人剪了，也就算了！”不过要让自己来剪，则老年人的情怀觉得有点难堪，不愿如此做罢了。过些时，有一次我见到先生，他问我说：“前年有一天晚上，我曾看见一颗大星流坠，随后就听说孙中山死了。前两夜，我又看到了同样的异兆，你看吴佩孚怎样，会不会轮到他死呢？”在我们看来，这自然是令人发笑的情绪。果然，不久先生就以自杀闻了。

先生自杀的经过是这样的：

这年五月里一个风日和暖的日子，颐和园里的鱼藻轩前，发现一位老先生投水死在昆明池里，这就是众所周知的王先生。据守卫园内的人说：先生入园后徘徊于池边，曾见他点燃一支卷烟。正午十二时，忽然传来“扑”的一声，循声前往，知道有人死在水里，待救将起来，人已气绝了。我们闻讯赶至，除了一瞻遗容外，已一无补益。呵，这一代大师的凄凉的死！

事后据人谈起，先生在前些日子和人谈及颐和园的风物，尚慨叹自己在北平这样久，园中却一次没有去过。不料这名园竟成了他葬送生命的处所，他的第一次游园，也就是最后的一次了。

先生遗嘱略曰：“五十之年，唯（只）欠一死，经此大（世）变，义无再辱。我死后，遗著可托陈、吴二先生整理。”（陈指陈寅恪先生，吴指吴宓先生）这证明了先生之死，是因为在那时会，先生已不愿再活下去，所以自愿了结他自己的生命。

先生自戕的消息传来，梁任公先生正卧病于德国医院，赶忙抱病出院。后事料理初毕时，溥仪优恤的谕旨已下，发给治丧费三千元，伪谥“忠悫”。梁先生为请求北洋政府褒扬先生事，曾往访当时的国务总理顾少川（维钧）先生。顾允提出阁议，结果因为多数阁员根本不识“王国维”其人名姓，未被通过。这诚无损于先生的盛誉，然而一代学术宗师，誉满中外，退位困居的逊清帝廷尚知议恤颁谥，而北洋政府却不闻不问，其腐败昏庸，是可以想见的了。

总结先生的一生，以才人始，是学人终。而治学的科学精神及其结论的准确性，在学术史上，只有王念孙堪相伯仲。在私生活和事功上，先生是毕世坎坷的：年轻时屈居下位，壮岁碌碌依人，甚至个人辛勤的著作，都写着旁人名氏，晚年虽声名鹊起，而孤独郁结，不得终其天年。在友朋中，先生受罗振玉影响极大，偏巧这影响又是和时代的潮流相背的。但在学术上先生的成就，实有不可磨灭的光辉。他的治学的初、中、晚三期——第一期的哲学、文学、文艺理论，第二期的古史、古文字学，第三期的西北地理、辽金蒙古史——均有可贵的遗产留给后来的人，我们纪念先生，景慕先生，想学习先生，便应该从这些地方入手。

科学的进步无止境。前人播下种子，辛勤的操作给后人预备下来日的收获。而我们亦当为自己的下一代留下更丰盛的果实。王先生的贡献是永远的，值得尊敬的；但在理论上讲起来，我们应该超越他，再让我们的后辈再来超越我们。——这才是学术进步的征象。

景芹笔记

（本文原载于1943年8月成都《风士什志》）